阿瑟·米勒 作品系列

All My Sons

都是我的儿子

阿瑟·米勒 著 陈良廷 译

上海译文出版社

目　　录

导言

美国戏剧的良心：阿瑟·米勒

在当代美国剧作家当中，自尤金·奥尼尔于一九五三年逝世后，最受西方重视的当属阿瑟·米勒、田纳西·威廉斯和爱德华·阿尔比三人。阿尔比属于荒诞派之列。米勒和威廉斯则接近现实主义，他俩都在探讨“人生意义”，但两人的创作方法迥然不同。威廉斯以《玻璃动物园》、《欲望号街车》和《热铁皮屋顶上的猫》三剧赢得了国际声誉，是一位斯特林堡式的作家；他侧重情感，注重剖析人的境遇和精神状态，而其笔下的人物也多半是精神上深受压抑或遭到社会排斥的底层人物。威廉斯力求通过剧作来揭示当代美国的社会病态，探讨人生的真正价值。米勒则以《推销员之死》、《萨勒姆的女巫》和《桥头眺望》等剧获得国际声誉，是一位易卜生式的社会剧作家；他着重理智，关怀整个人性。他认为舞台应是一个比单纯娱乐更为重要的传播思想的媒介，应为一个严肃的目标服务。

阿瑟·米勒本人曾说“艺术应该在社会改革中发挥有效作用”①，“伟大的戏剧都向人们提出重大问题，否则就只不过是纯艺术技巧罢了。我不能想象值得我花费时间为之效力的戏剧不想改变世界，正如一个具有创造力的科学家不可能不想证实各项已知事物的正确性”②。

一

阿瑟·米勒一九一五年十月十七日出生于纽约。父亲是犹太裔的妇女时装商，于三十年代初美国经济大萧条时期破产；母亲是中学教员，为此只好靠变卖她的首饰维持家庭生计，渡过难关。米勒中学毕业后到一家汽车零件批发公司工作了两年，积攒些钱后进入密歇根大学新闻系和英文系学习，开始试写剧本，并两次获得校

① 阿瑟·米勒：《时移世变》（自传），格罗夫出版社，第93页。

② 阿瑟·米勒：《时移世变》（自传），第180页。

内霍普沃德写作竞赛戏剧奖。在校内，他为了获得生活补助金，曾在生物试验室任养鼠员，并在学生主办的校园《日报》社担任记者和编辑。一九三八年，他获文学学士学位，从该校毕业后，一九四一年至一九四四年期间，他在一家制盒工厂干活，后又在海军船坞充当安装技工的助手，同时为哥伦比亚广播公司和全国广播公司撰写广播剧。他还当过卡车司机、侍者、面包房送货员、仓库管理员和电台歌手。一九四四年，他到陆军十一营为电影《大兵故事》收集素材，出版了报告文学《处境正常》，同年《鸿运高照的人》问世，这是他第一部在百老汇上演的剧本。

一九四七年，米勒的剧本《都是我的儿子》上演，获纽约剧评界奖，使他一举成名。这是一出易卜生式的社会道德剧，写一家工厂老板在第二次世界大战期间向军方交付不合格的飞机引擎的汽缸，致使二十一名飞行员坠机身亡。他嫁祸于人，虽然逃脱了法律制裁，却受到良心的谴责。最后他认识到那些丧命的飞行员“都是我的儿子”，遂饮弹自尽。

接着，《推销员之死》于一九四九年发表，在百老汇连续上演了七百四十二场，荣获普利策奖和纽约剧评界奖，从而使米勒赢得国际声誉。剧本叙述一名推销员威利·洛曼悲惨的遭遇。威利因年老体衰，要求在办公室里工作，却被老板辞退。他气愤地说："我在这家公司苦苦干了三十四年，现在连人寿保险费都付不出！人不是水果！你不能吃了橘子扔掉皮啊！"（剧中一直没有交代他在推销什么，有人问作者，他说："威利在推销他自己。"）威利在懊丧之下，责怪两个儿子不务正业，一事无成。儿子反唇相讥，嘲笑他不过是个蹩脚的跑街罢了。老推销员做了一辈子美梦，现在全都幻灭了，自尊心受到严重挫伤。他梦呓似的与他那已故的、在非洲发财致富的大哥争论个人爱好的事业，最后他为了使家庭获得一笔人寿保险费而在深夜驾车外出撞毁身亡。全剧手法新颖，无需换景，借助灯光即可随时变换时间和地点。剧中现在和过去的事相互交错。这出戏在一定程度上批判了美国的商业竞争制度。

五十年代初，米勒改编的易卜生的《人民公敌》上演，也获得好评。当时美国麦卡锡主义兴起，米勒于一九五三年根据北美殖民地时代的一桩株连无数人的"逐巫案"写出了历史剧《炼狱》，以影射当时非美活动调查委员会对无辜人士的迫害。这一时期，米勒因早期参与左翼文艺活动而屡次受到非美活动调查委员会的传讯。一九五七年，他因拒绝说出以前曾和他一起开过会的左派作家和共产党人的名字而被判“蔑视国会”罪，处以罚金和三十天徒刑，缓期执行，直到一九五八年八月上诉法院才将这一罪名撤销。这一时期，他还写了一出反映三十年代美国职工生活、带有自传性的感伤独幕剧《两个星期一的回忆》和一出反映意大利籍工人在美国的不幸遭遇的两幕悲剧《桥头眺望》。米勒于一九五六年和一九五九年先后获密歇根大学荣誉文学博士学位和美国全国文学艺术研究院金质戏剧奖章。

一九五五年米勒和妻子玛丽·斯赖特瑞离婚，次年与好莱坞名演员玛丽莲·梦露结婚。一九六〇年他把自己的一个短篇小说改编成同名电影剧本《乱点鸳鸯谱》，由梦露和克拉克·盖博主演。一九六一年电影拍摄完成后，两人因性格悬殊而离婚。一九六二年他与奥籍摄影家英格博格·莫拉斯结婚。

一九六四年米勒发表了一出反映现代人在社会上生存问题的自传性色彩相当浓厚的剧本——《堕落之后》。剧情是一名律师昆廷因两次婚姻失败，回忆他和两个离了婚的妻子之间的爱恨交织的关系，以及新近相识的奥籍考古学家霍尔佳给他带来恢复生活信心的希望。剧中还穿插了昆廷回忆自己的父母之间的纠葛，纳粹集中营的惨状和非美活动调查委员会对左翼知识分子的传讯。昆廷经过对生活经历的反思领悟到人类自从亚当犯了原罪堕落之后，就具有犯罪的本能和残杀成性、背信弃义等品质；人只认识到爱是远远不够的，更需要面对生活而无所畏惧。有些西方评论家认为米勒敢于暴露自己的灵魂而写出了一部意义深远的自传体文献，堪与奥尼尔的《长夜漫漫路迢迢》相并列而无愧。但是，剧中的当红歌星玛吉痛恨那些围在她周围的人只知让她为他们挣钱而丝毫不知感恩，并且影响她不能成为一名优秀的艺术家，加上她与昆廷结合后，因性格各异，时常发生顶撞，以致她厌倦生活，最后吞服安眠药自杀。玛吉俨然是玛丽莲·梦露的化身，剧情中也有多处可同米勒的往事相印证，因此有些西方评论家认为米勒在距离梦露死去不到一年半光景就把夫妇私情以戏剧方式赤裸裸地公之于世似嫌不符忠厚之道。例如剧评家罗勃特·布鲁斯就坦称此剧为“一个不足道的剧本，不匀称，冗长乏味而混乱”，并讥讽米勒是“在跳精神上的脱衣舞，而乐队却伴奏着‘是我的错’的节奏”。[①] 米勒本人认为这个剧本一时不易让人理解，但迟早会被公认为他的最佳之作。

同年，他还发表了一个独幕剧《维希事件》，进一步探讨了前一出戏的主题——人与他所憎恶的邪恶之间的关系，人类理智的沦亡和道义价值的丧失。这出戏描写德国法西斯分子在法国维希的一个拘留所里审讯犹太人时骇人听闻的情景。米勒认为大多数观众能理解这出戏不只是一个战争时期的故事，其中根本的争论点同我们当今活着的人息息相关，而且它必然涉及我们每个人同非正义和暴力之间的关系。

一九六五年至一九六九年，米勒连任两届国际笔会主席，曾多次投入拯救被关押的国内外同行的活动，如尼日利亚剧作家兼诗人渥雷·索因卡一九六六年曾被政府当局拘捕，有被处死的危险，就是经过米勒出面营救才得以获释的，后来索因卡在一九八六年荣获诺贝尔文学奖。

一九六八年，他发表的心理问题剧《代价》描写兄

---

①《新共和》杂志第150期，1964年，第26—30页。

弟俩因所走的道路不同而产生的隔阂，对当代西方人盲目追求物质生活的现象作了一定程度的谴责。一九七二年他发表的《创世记和其他事业》是一出以漫画手法重述《圣经》中亚当和夏娃以及该隐杀弟的故事。剧名中的“其他事业”涉及当今舞台上追求“噱头”的喜剧。该剧虽是一出轻喜剧，却在每场提出一个哲理问题，如“人在需要正义的时候，上帝为什么继续制造非正义”等。全剧可以说是上帝和撒旦之间关于善恶性质的一场争论，而以《创世记》故事阐明各自的立场。米勒以讽刺的笔触使魔鬼在两者之间显得更具魅力，有时像人类的普罗米修斯，有时又颇像人间狂暴的独裁者。此剧受到西方剧评家的攻击，仅上演了十二场。米勒对此不服，次年又把它改编成音乐剧《来自天堂》，在他的母校密歇根大学公演。米勒于一九七二年当选为民主党全国大会代表。

一九七七年，他发表了《大主教宅邸的顶棚》，剧情是东欧某个国家一位知名作家由于写了一封信给联合国谴责自己国家内部的弊端而要么流亡，要么等待以叛国罪受审。最后他决定留下来，把部分手稿委托一位美国作家朋友偷运出去，尽管那位朋友可能会遭到当局的逮捕。场景是一间曾是大主教宅邸的房间，剧中人都相信顶棚装有窃听器。米勒借此隐喻人对自己的命运无法确知，人际关系的复杂，以及人不可轻信他人。

八十年代初，米勒受美国作家斯特兹·特克尔《艰难的日子：一部关于大萧条时期的口述历史》（一九七〇）一书的启发，写出一部以三十年代美国经济大萧条为背景的社会剧《美国时钟》，目的是使年轻一代美国人了解美国那一段悲惨的历史。一九八〇年，他还把以色列歌唱家法尼亚·费娜隆的回忆录改编成了一部电视剧《为了生存的演奏》，内容完全依据历史事实：法尼亚·费娜隆是一位有一半犹太血统的法国艺人，二次大战中被关进奥斯威辛集中营，由于她是巴黎夜总会的名歌星，集中营的女管理员发现后把她编入由女犯人组成的乐队，为纳粹军官演出。费娜隆因此而得以避免葬身煤气室的命运。费娜隆在战后定居以色列，一九七八年出版了她的回忆录，此书曾轰动一时，各国犹太人团体都曾借重她作为希特勒迫害犹太人的见证，抗议纳粹势力的复苏。但该片由于让一位公开反对以色列而支持巴勒斯坦的美国女明星范尼莎·赖特格莱主演，引起犹太人抗议的风波，后经多方磋商，才得以播出。西方评论界基本上对该片予以肯定，认为它是一部揭露希特勒排犹罪行、为犹太民族伸张正义的电视剧。

一九七八年，米勒夫妇来华访问，同我国戏剧界同行切磋艺事，回国后出版了一本反映中国人民生活的图文并茂的《访问中国》。一九八一年，上海人民艺术剧院上演了由黄佐临同志导演，米勒自己推荐的《炼狱》（演出时改名为《萨勒姆的女巫》）一剧。一九八三年，米勒再度来华，亲自导演了他的名剧《推销员之死》，由北京人民艺术剧院上演，获得很大成功。一九八四年，他出版了《“推销员”在北京》一书，记述了他在北京执导《推销员之死》一剧的经过，阐述了他对戏剧的精辟见解。

一九八二年，他发表的两个独幕剧《某种爱情故事》和《献给一位女士的哀歌》没有引起西方戏剧界的重视。两剧后在英国以《两面镜》为书名于一九八四年出版。一九八七年，他又推出两部独幕剧《往事如烟》和《克拉拉》，以《危险：回忆！》为书名出版。这两出戏于一九八七年二月八日开始在林肯艺术中心上演，受到好评。《往事如烟》描写两位老人之间的故事。女主人公莉奥诺拉是个阔寡妇，当她看到当今文明世界充斥着野蛮暴行和狂言时，感到幻想破灭，一切无望，遂到苏格兰隐居，有意想把现实中的严酷事实从记忆中驱逐出去。一天，她回到康涅狄格州乡间拜访老朋友利奥，晚餐时两人发生了争执。利奥是个共产党人，坚持致力于他的政治事业，拒绝放弃信仰，对世界的未来充满希望。利奥同莉奥诺拉猜字谜时，诙谐地阐明了他对人类的看法，言谈中对她做出了巧妙的挑战。《克拉拉》一剧描写有关一起谋杀案的审讯。女社会工作者克拉拉被人暗杀，而凶犯又很可能是曾被她“平反昭雪”的罪犯之一，警察当局严厉盘问克拉拉的父亲，以图从他口中获取一些线索，但克拉拉的父亲始终对女儿的生活守口如瓶，不肯透露。剧中还穿插了对越南战争和大屠杀的回忆等等。米勒说，这两出戏写的是“人们力图忘记过去，以及人们有意为忘却痛苦而采取的办法，但是这有时又会使你感到如负重罪，痛苦难熬，压得你喘不过气来”。显然米勒写此两剧旨在揭示当今西方世界的复杂的人际关系以及频频出现的暴力现象。

一九八七年，米勒还发表了他的长达五十余万字的自传《时移世变》，对他所走过的漫长曲折而又丰富多彩的生活和艺术道路做了深沉的回顾和反思，随带着也对人生、社会和历史做出了严肃的思考。书中有一段记载他一九八四年荣获华盛顿肯尼迪艺术中心荣誉奖，出席国务院招待肯尼迪荣誉奖获得者的宴会，官方主人是乔治·舒尔茨国务卿。由于国务院餐厅正在翻修，临时改在坎农办公大楼一间餐厅里举行，米勒恍惚觉得以前曾经来过那间屋子，后来发现那正是当年非美活动调查委员会审讯他的那间屋子，使他不禁感慨万千。米勒写道：

看来唯一使我有所感的是一种讽刺意味：一想到当年就是在这间屋子里，热浪滚滚的煤气曾经朝我迎面扑来，真叫我觉得这种讽刺冰冷得像金属块一样。我环视那些兴高采烈的来宾，那位容光焕发、面带微笑的国务卿，以及其他几位获此殊荣的知名人士，再一次觉得自己是个朝里张望的局外人，甚至觉得这一切不像是真的。我料想这大概是因为我体验过当年那种冷酷无情的排斥，势必不会轻易地就在这样的典礼盛会上领受对我如此和谐的祝贺。不过，我还是能——怀着几分热情——享受这种兴高采烈的场面。也许我有一种幻觉，认为自己已经不再畏惧权势，已经跟它够接近了，足以认清权势所拥有的一切没有什么是我可要的。我以前对这个制度持续不断的善行所怀有的不少信念，现在也在内心泯灭了。在这两次场合中，唯一没有变化的是那面国旗，它如今挂在墙边的旗杆上面，也许就是当年挂在沃尔特议员脑袋后边的那一面；我回想起当时它如何叫我尽管放心，虽然我明白它对世间许多别人来说，象征着残酷的富裕和傲慢的蒙昧。但是，怎样才能在我这一生当中把这一切连贯起来呢？或许我只好满足于把这看成全是一场梦，一场不断流放和不断回归的梦吧。①

进入九十年代，米勒为避免他所谓的百老汇的“黑色失败主义”，开始在英国伦敦首演他一九九一年写的新剧《驶下摩根山》。剧中描述一个颇有声望的商人莱

① 阿瑟·米勒：《时移世变》(自传)，第452页。

曼·费尔特驾车在摩根山上失事；他躺在纽约北部一家医院的病床上，他的两个妻子都去看望他，首次在病床边相遇，使他十分尴尬，从而在昏迷中进行反思，认识到自己所犯重婚罪的不可饶恕以及背叛行为的可耻。结局是两个妻子和他的子女都抛弃了他。评论界对此剧褒贬不一。米勒本想把此剧写成一部道德喜剧，却似乎没有达到预期目的。一九九三年和一九九四年，米勒又先后发表了独幕剧《最后的美国佬》和两幕剧《破碎的镜子》，进一步探讨了西方世界人与人之间的疏离、人的自我否定以及人对往事的遗忘等等事实。米勒在《破碎的镜子》一剧中再次以鉴古知今的手法提醒人们勿忘当年希特勒迫害犹太人的罪行，对当今法西斯主义复苏的趋势勿持旁观态度。此剧获英国一九九五年度奥立弗最佳戏剧奖。

二

一般认为，《推销员之死》、《萨勒姆的女巫》、《两个星期一的回忆》、《桥头眺望》和《美国时钟》为阿瑟·米勒比较主要的剧作。

《推销员之死》

《推销员之死》是米勒第一部获得普利策奖的成功之作，也是使他享有国际声誉的代表作。此剧虽获得许多嘉奖，受到观众欢迎，但是当时也遭到不少攻击。报刊上出现许多从政治、社会和心理角度评论它的文章。有的认为此剧虽有批判美国商业制度的意图，但其结果不过是描绘了一个小人物的潦倒失败而已。另一右派刊物称它为“一枚被巧妙地埋藏在美国精神大厦内的定时炸弹”。还有的把米勒看成是“一个被悲剧所迷惑的马克思主义者”，称此剧是“共产党的宣传”。美国《工人日报》也认为它是一出内容颓废的戏。西班牙上演此剧后，天主教派报刊甚至把它视为“不信仰上帝的灵魂遭到幻灭的明证”。①

但是，美国某一推销员协会却把作者奉为自己的守护神，而另有一些推销员商会则抱怨说，由于它的影响，使他们在招聘新推销员时遇到了困难。好莱坞曾不惜耗资百万把它拍成电影，却又害怕它在社会上引起不

① 罗伯特·阿·马丁编《阿瑟·米勒戏剧散文集》，维京出版社，1978年，第140页。

良后果，挖空心思在正片前加演一部文献纪录片，特意说明推销业对社会经济是多么地重要，推销员的生活是多么有保障，而正片中的主角只不过是极其个别的例子而已。

米勒在与《纽约时报》记者的一次谈话中强调他写此剧的主要动机是想“维护个人的尊严”。他还在一篇文章中说，此剧“自始至终贯串着一个人在世态炎凉的社会中生存的景象。那个世界不是一个家，甚至也不是一个公开的战场，而是一群克服失败的恐惧、前途无量的人物的盘踞地”①。一九八三年，米勒在北京时又说：“我是要探索如何通过一出戏反映社会、家庭和个人的现实，以及人的梦想。写这出戏时，我抛开了一切顾虑，只追求写出反映真实的内容……这出戏一直保持着它的影响，因为它反映了这个混乱的现代社会中各种自相矛盾的现象，包括精神生活方面的自相矛盾。”② 在他的自传中，米勒还透露道：

---

① 罗伯特·阿·马丁编《阿瑟·米勒戏剧散文集》，维京出版社，1978 年，第 143 页。

②《阿瑟·米勒在〈外国戏剧〉编辑部做客》一文，北京《外国戏剧》，1983 年，第 3 期，第 7 页。

我在写作过程中嗤嗤发笑，主要是针对威利那种彻头彻尾自相矛盾的心理，正是在这种笑声中突然有一天下午冒出了这出戏的剧名。以往有些剧本，诸如《大主教面临死亡》、《死亡和处女》四部曲等——凡是剧名带有“死”这个字眼儿的戏素来都是既严肃又高雅的，而现在一个诙谐人物，一大堆伤心的矛盾，一个丑角，居然要用上它啦，这可真有点叫人好笑，也有点刺目。对，我的脑海里可能隐藏着几分政治；当时到处弥漫着一个新的美利坚帝国正在形成的气氛，也因为我亲眼见到欧洲渐渐衰亡或者已经死亡，所以我偏要在那些新头目和洋洋自得的王公面前横陈一具他们的信徒的尸体。在这出戏首演那天晚上，一个女人，我姑且隐其名，愤恨地把这出戏称作“一枚埋在美国资本主义制度下面的定时炸弹”；我倒巴不得它是，至少是埋在那种资本主义胡扯的谎言下面，埋在那种认为站在冰箱上便能触摸到云层、同时冲月亮挥舞一张付清银行购房贷款的收据而终于成功之类的虚假生活下面。[1]

总之，米勒在此剧中有意无意地戳穿了美国社会流行的人人都能成功这一“美国梦”的神话。

《萨勒姆的女巫》

《萨勒姆的女巫》描写的是一六九二年在北美马萨诸塞州萨勒姆镇发生的迫害“行巫者”的案件。当时那里居住着一支盲信的教派（清教徒），形成一种政教合一的统治，他们排斥异教徒，制定了自己的清规戒律，禁止任何娱乐活动，实行禁欲主义。一场“逐巫案”就是在这种基础上发生的，而在这场骗局的背后则是富豪们对土地的吞并和掠夺，结果酿成了萨勒姆镇的一场四百多人被关进监狱、七十二人被绞死的悲剧。米勒在此剧中成功地塑造了男主人公普洛克托的英勇形象，他被人诬陷，遭宗教法庭处以重罪投进地牢。他虽有强烈的求生欲望，却不愿以出卖朋友、出卖灵魂为代价换取屈辱的生存，最后毅然走上绞刑架。他以自己的死严正宣

① 阿瑟·米勒：《时移世变》(自传)，第184页。

告了人的尊严和正直的美德是不可侮的，因而也是不可战胜的；而宗教束缚和神权压迫则违背人性，是反人道反科学的，因而是腐朽的，必然会灭亡的。

五十年代初美国麦卡锡主义猖獗一时，米勒本人也屡次受到非美活动调查委员会的传讯，并被判处“藐视国会”罪。因此，关于《萨勒姆的女巫》，西方一般剧评家都认为米勒是有意识地借这部关于宗教迫害的剧本影射当时非美活动调查委员会对无辜人士的政治迫害。米勒承认有此意图，但强调此剧具有远比只是针砭一时的极右政治更为深远的道德涵义，旨在揭露邪恶，赞颂人的正直精神。美国剧评家马丁·哥特弗里德认为此剧“可与米勒自己在美国众议院非美活动调查委员会上作证时英勇不屈、慷慨陈词的表现相提并论。作为一部戏剧作品，它结构匀称，充满激情；作为一部伸张正义的作品，它具有一种罕见的庄严气氛”。

《萨勒姆的女巫》于一九五三年在美国纽约上演后，受到观众热烈的欢迎，荣获安东纳特·佩瑞奖。一九五七年，法国著名作家让-保罗·萨特把它改编为电影剧本。一九六二年，苏联斯坦尼斯拉夫斯基剧院在排演时强调了剧作的现代影响：爱好自由的人类精神对抗邪恶和反动势力的胜利。一九六五年，英国老维克剧团由著名戏剧家劳伦斯·奥立弗执导并主演此剧，轰动一时。此剧还曾在其他许多国家上演，卖座率始终不衰，成为阿瑟·米勒的一部最能持久上演的剧本。

一九八一年九月，上海人民艺术剧院将这出戏搬上我国舞台；黄佐临先生亲自执导，深刻发掘剧本本质，并给予鲜明的舞台体现，得到历经十年浩劫的我国观众深刻的理解。一位观众写信道："欣赏阿瑟·米勒这出名剧，得到一次高级的享受，十分感谢！为了维护政教合一，为了巩固其蛮横不合理的统治，不惜愚昧乡民，造谣诬陷，草菅人命，前两幕揭露已很有力，后两幕则更为深刻。"① 另一位观众在信中感慨地说："历史常有惊人的相似之处，这个教训太深刻了，历史悲剧不能再重演！"②

《两个星期一的回忆》

此剧自传性浓厚，写的是纽约一家汽车零件批发公

---

①《星期六评论》，1979 年。

②《谈佐临导演的〈萨勒姆的女巫〉》一文，北京《外国戏剧》，1982 年，第 2 期。

司顶楼发货室里职工工作的情况。他们浑浑噩噩地过日子，有的酗酒、寻欢作乐，有的胸无大志、过一天算一天，有的因年老体衰即将被老板辞退。青年职工伯特（当年作者本人）无限感慨地说："每天早晨看到他们为什么使我伤心泪下？这就像是在地铁里，每天看到同一些人上，同一些人下，唯一的变化是他们衰老了。上帝！有时这真把我吓呆了；我在这个世界上，就像在一个偌大的房间里来回冲撞，从南墙到北墙，从北墙到南墙，永远没有个头啊！就是没有个头啊！"伯特后来攒够了钱去上大学，临行时向大家告别，但他们却忙于干活儿，对他离去毫无表示，他只得默默地走了。

有些英美剧评家认为这出戏像"活报剧"，是在批评人生的绝望和悲哀。米勒不同意这种看法，并称此剧是一出"哀婉的喜剧"，或是一部本世纪三十年代的文献记录。"我写这部剧本部分原因是想再体验一次那种公开而赤裸裸的贫困现实，同时也希望为自己表明希望的价值，以及为什么要产生希望，还有那些至少懂得如何忍受那种毫无希望的痛苦的人们所具有的英雄品质。”[①] 他认为剧中所谈的是“人生需要有一点诗意”，而且还承认他特别偏爱这出戏。

《桥头眺望》

此剧最初为独幕剧，一九五五年在美国上演并未受到重视，后米勒把它修改成两幕剧，于一九五六年在伦敦和巴黎上演时才获得成功。全剧写的是三十年代美国的意籍移民的生活。两名意大利年轻兄弟因在家乡失业而非法进入美国，暂居已归化为美国人的亲戚埃迪家中。哥哥挣钱寄回老家养活妻儿老小；未婚的弟弟却同埃迪养大的外甥女产生了恋情，遭到埃迪变态的妒忌和反对，并招致他向移民局告发，兄弟俩均被扣押。在保释期间，哥哥由于埃迪断送了他的生活出路而在一次争斗中把埃迪刺死，酿成一场悲剧。美国进步报刊当时曾给该剧以好评，认为米勒在此剧中有如实反映美国工人阶级生活的一个侧面的意图。

米勒说这出戏是他根据一桩真人真事写成的，他认

---

① 罗伯特·阿·马丁编《阿瑟·米勒戏剧散文集》，维京出版社，1978年，第164页。

为剧中的主人公埃迪“并不是一个值得让人哀怜同情的人物，此剧也无意使观众落泪。但是，它却有可能使我们把埃迪的举动同我们自己的举动联系起来反省，从而更好地剖析自己，认识到我们不仅仅是一些孤立的心理实体，而是同自己同胞的命运和悠久的历史密切相连的”。① 此剧仍属于米勒一贯喜爱创作的社会道德剧，其中探讨了人性、人的尊严以及新旧道德概念和法则之间的冲突。在写作手法上，米勒在剧中安排一名律师来穿插叙述案情，起到了类似希腊悲剧中合唱队的作用。

《美国时钟》

此剧是米勒以三十年代美国经济大萧条为背景写出的一个社会剧。据他本人说，他是受美国作家斯特兹·特克尔《艰难的日子：一部关于大萧条时期的口述历史》一书的启发，经过多年酝酿才写成这出戏。特克尔通过他所访问的众多普通美国人的口述，以新闻体裁生动地反映了三十年代那场席卷整个资本主义世界的经济

---

① 阿瑟·米勒《桥头眺望》修订本前言。

危机给美国人民精神和生活带来的灾难，而米勒则把这一惊心动魄的悲惨景象更为真实地再现于舞台。全剧人物多达四十余个，几乎囊括了美国社会各阶层人士。有的美国剧评家由此而认为剧作家没有着重刻画三两个主人公的面貌，是此剧的一项缺陷，殊不知米勒的意图正在于说明那场危机“几乎触及了所有的人，不管他住在什么地方，也不管他处于什么样的社会地位”，他用戏剧形式在观众面前展现了一幅文献性壁画，侧重灾难的全貌，从而重振人们的尊严和信心。这种形式早在布莱希特的一些剧本和多斯·帕索斯的那部《美国》三部曲小说中有关新闻短片的章节里就已出现过，米勒则把它做了进一步的发挥。

米勒的剧本一向具有自传性质。由于他目睹了那场危机，《美国时钟》中的许多场景可以说是他根据回忆记录下来的真实情景，例如剧中人李中学毕业后因家庭生活拮据而不得不辍学进入工厂工作，就是他自己的一段亲身经历。又如米勒参加过当时的左翼运动，剧中一些青年钻研马克思和恩格斯著作，追求进步思想，尽管个别人有糊涂思想，也不足为怪，它仍然可以说是米勒对当时美国青年思想面貌如实的写照。尤其值得称道的是，全剧阐述了美国人民经历了那次浩劫后终于认识到“这个国家其实是属于他们的”。以这一思想转变作为全剧的结尾，说明米勒在创作思想上已突破了过去那种仅仅局限于描写资本主义社会中推销员等小人物的个人悲欢离合的狭隘题材。米勒写此剧的动机，无疑是想告诫美国人民，尤其是青年一代，不要在虚假的繁荣景象中忘却过去沉痛苦难的历史，其用心良苦使《美国时钟》具有较深刻的教育意义。

此外，米勒在这出戏的剧作手法上，也沿袭了他所惯用的倒叙穿插、不受时空限制的技巧，而且运用得更加自如。该剧布景简朴，场景转换迅速，道具由演员带上舞台，充分发挥舞台灯光的效果，这一切都显示出这位老剧作家仍然在不断探索戏剧创作的新手法。

《美国时钟》一九八〇年五月首演于南卡罗来纳州的斯波里多戏剧院，十一月移至纽约百老汇，但仅上演了十二场，未受到应有的重视。米勒并未气馁，对剧本做了精心的修改，于一九八四年奥运会前夕在洛杉矶马克·泰珀剧院再度公演，终于获得好评。同年英国伯明翰的轮换剧目剧院也上演了这出戏。《卫报》评论道：“与其说它是一出传统剧，毋宁说它是大萧条期间万花筒般的美国社会史。这出戏很可能不是米勒的杰作之一，但它表现了戏剧概括时代基调的力量。”一九九五年，英国阿瑟·米勒研究专家克里斯托弗·比格斯贝编辑的《阿瑟·米勒剧本选》（轻便本）中选入的《美国时钟》，又经米勒重新做了修订。

三

除去剧本，米勒还写过小说《焦点》、《我不再需要你：短篇小说集》和儿童读物《珍妮的毯子》等。他一九八七年发表的《时移世变》（自传）约五十余万言，堪称近年来美国出版的一本优秀自传。

在自传中，米勒叙述了犹太裔祖代从波兰移居新大陆后的创业经过以及父亲在三十年代初经济大萧条时期破产而由母亲典当求告挽救家庭困境的惨状，继而回忆了自己中学毕业后四处打工，干过不少种苦力活儿，一度幻想当歌星，后来积攒些钱进入密歇根大学学习，迷上戏剧，逐步成为剧作家的经历。在这期间，他接触到马克思主义，寄希望于苏联和社会主义，并积极从事左翼文艺和反法西斯等进步活动，导致五十年代中期遭到非美活动调查委员会的传讯，并被判处“藐视国会”罪。嗣后他参加了反越战运动，又积极投入国际笔会的活动。

书中详尽阐述了他一贯反对百老汇商业化戏剧的观点，他对戏剧所持有的精辟独到的见解，以及他创作每部剧作的艰苦历程。对众多同时代的剧作家、小说家和诗人（包括奥尼尔、奥德茨、威廉斯、海尔曼、斯坦贝克、梅勒、贝娄、庞德和弗罗斯特等人），他都给予不人云亦云的评价。他也接触到许多戏剧和电影界的导演和演员，诸如哈里·霍恩、伊莱亚·卡赞、李·斯特拉斯堡夫妇、劳伦斯·奥立弗和克拉克·盖博等人，对他们都作了细致而有趣的描绘。书中也包括了他的三次婚姻，首次披露了他与梦露一段姻缘的恩恩怨怨，他以深切同情的笔触描述了孤女出身的梦露受尽社会压力的折磨和别人的剥削、身心忧郁而艰苦奋斗的一生，批驳了外界对梦露的歪曲宣传；此外，他也欣慰地谈到他与奥籍摄影师英格博格·莫拉斯结合后互敬互爱的美好生活。

在写作结构上，米勒没有严格采取按年代顺序平铺直叙的手法，而是把一生事迹前前后后、纵横交错地穿插叙述，有时两三件事交叉进行，环环相扣，恰到好处，真有点像《推销员之死》的主人公威利·洛曼脑海中那种过去与现在的事交错闪现那样，或者说更像电影画面淡入淡出交叉隐现的技巧。这种新颖手法无疑使这部自传别具一格，使读者不觉得枯燥乏味。米勒的文笔犀利，隽永流畅，时而还充满诙谐幽默感，颇有契诃夫的风格（契诃夫是米勒最崇敬的两位作家之一，另一位是托尔斯泰）。在回顾往事时，他还夹叙夹议，其中不少富有哲理的涵义，发人深省，甚至可以使人从中得到启发和教益。

这部自传不单单是个人的感人肺腑的故事，而且近乎是一部当代美国社会编年史，为读者了解二十世纪美国文坛、剧坛以及美国社会不断演变的情况提供了丰富而珍贵的资料。

四

阿瑟·米勒不仅是美国当代著名剧作家，而且也是一位卓越的戏剧理论家。他论述戏剧的文章已由密歇根大学罗伯特·阿·马丁教授编成《阿瑟·米勒戏剧散文集》，于一九七八年出版，在西方戏剧界颇有影响。

米勒跟奥尼尔一样，创作的剧本多半是有关普通人的悲剧，他认为普通人与帝王将相同样适合作为高超的悲剧题材，但是他又不赞成把悲剧写成悲怆剧，在他看来，悲剧和悲怆剧之间的主要区别在于悲剧不仅给观众带来悲哀、同情、共鸣甚至畏惧，而且还超越悲怆剧，给观众带来知识或启迪。他认为悲剧是对为幸福而斗争的人类最精确而均衡的描绘，“因为悲剧是我们拥有的最完美的手段，它向我们显示我们是什么样的人，我们必须做什么样的人，或者我们应该力争做什么样的人”①。他也不同意那种认为悲剧作家都具有悲观主义的论调，“悲剧事实上所包含作家的乐观主义程度要比喜剧还要多，悲剧的最终结局应该是加强观众对人类的前景抱有最光明的看法”②。米勒这种见解无疑会加深人们对悲剧的理解。

米勒一贯反对西方商业化、纯娱乐性的庸俗戏剧，而坚信戏剧是一种反映社会现实的严肃事业。他认为剧作家如果不去调查社会作为一个明显而关键的部分所具有的全部因果关系，就不可能创作出一部真正高水平的

① 《阿瑟·米勒戏剧散文集》，第 11 页。
② 《阿瑟·米勒戏剧散文集》，第 6 页。

严肃作品。米勒一九五六年曾经在一篇题为《现代戏剧中的家庭》的文章里感叹道：

在过去的四五十年里，一般的现实主义遭到了攻击——原因在于它不能美妙而自如地在私人生活和社会生活之间越来越扩大的鸿沟上架起桥梁。表现主义对这也解决不了，因为它完全抛却心理上的现实主义而跨跃到单独描绘社会力量那一方面去了，从而使问题遗留下来。所以我们现在的许多剧本都或多或少具有颓废的气氛；在过去的十年里，这些剧本越来越趋向单独详述心理因素，而很少或无意把人物的社会作用和冲突弄清并加以戏剧化。任何一位明智的人显然都明白人类的命运是社会性的，所以把那些摒弃社会的作品归结为腐朽是恰当的。①

此外，米勒还曾说过："社会在人之中，人在社会

①《阿瑟·米勒戏剧散文集》，第 82 页。

之中，你甚至不可能在舞台上创造出一个真实描绘出来的心理实体，除非你了解他的社会关系。”米勒的这种观点，即人的命运是社会性的，舞台应是一个较之单纯提供娱乐更为重要的传播思想的媒介，它应该为一个严肃的目的服务，是值得称道的。米勒在他改编的《人民公敌》序言中呼吁道：“剧作家必须再次表明有权利以他的思想和心灵来感染观众。公众也有必要再次认识到舞台是一个传播思想和哲学、极为认真地探讨人的命运的场所。”①

不过，米勒不赞成在剧作里干巴巴地说教。他主张戏剧应当使人类更加富有人性，也就是说，戏剧使人类不那么感到孤独。

在艺术创作手法上，阿瑟·米勒曾说他是“规规矩矩地以传统的现实主义为基础，而且试图使用各种方式来扩展它，以便直接甚至更猝然、更赤裸裸地提出隐藏在生活表面背后的、使我感动的事物”②。确实如此，米勒多次巧妙地运用了表现主义和象征主义等方式，丰富了他的现实主义创作。他一直在不断地探索，不断地

① 《阿瑟·米勒戏剧散文集》，第 17 页。
② 《阿瑟·米勒戏剧散文集》，第 167 页。

创新。

米勒对马克·吐温做出过这样的评论：“他并非在利用他那种跟同时代的公众幻觉相疏离的态度来抗拒他的国家，好像没有它也能生存似的，而显然是想借此来纠正它的弊端。”① 这恰恰也适用于米勒本人，正是他本人的写照。

一九七九年美国著名剧评家马丁·哥特弗里德在《星期六评论》杂志上撰文称米勒的《推销员之死》、《萨勒姆的女巫》和《桥头眺望》是“三部气势宏伟的剧本，具有显示人性的广泛内容，却又高于现实生活，因为它们诗意盎然并具有崇高的道德力量。毫无疑问，阿瑟·米勒是美国戏剧的良心”。他认为世界上只要还有舞台存在，这三出戏就会上演，传之不朽。

梅绍武

一九九七年初稿

一九九八年六月校订

---

① 阿瑟·米勒为《马克·吐温牛津选本》（牛津大学出版社，1996年）写的前言。

都是我的儿子

三幕剧

剧中人物

乔·凯勒

凯特·凯勒

克里斯·凯勒

安·迪弗尔

乔治·迪弗尔

吉姆·贝利斯大夫

苏·贝利斯

弗兰克·卢贝

莉迪亚·卢贝

伯特

第一幕

美国某市郊区，凯勒家的后院。当代某年八月。

舞台左右围着高高的、密密的白杨树，给院子带来一种与世隔绝的气氛。舞台后方是屋子的后面和敞开的、没有顶棚的门廊，门廊通进院子六七英尺。屋子是两层楼，有七个房间。在二十年代初屋子造好的时候，这座屋子约值一万五千美元。现在屋子已经粉刷一新，看上去又整洁又安逸，院子里草地绿油油的，各处的花木都过了时令。右方，屋旁，看得见一条汽车道的入口，不过白杨树挡住了视线，看不见汽车道一直通向舞台前方。舞台前方，左角是一棵细长的苹果树，只剩下四英尺高的半截树橛，树干的上半截连枝带叶倒伏在树边，树枝上还结着苹果。舞台前方右边是个棚架式的小亭子，形状像个贝壳，檐边弯弯曲曲的棚顶上吊着个装饰灯泡。院子里散放着几把花园中歇脚的椅子和一张桌子。靠近门廊台阶的地上是只垃圾筒，旁边是焚烧落叶的铁丝架。

幕启时，正是星期天的清晨。乔·凯勒正坐在太阳下看星期天版报纸的征求广告，报纸的其他几版整整齐齐地搁在身边的地上。在他背后，亭子里，吉姆·贝利斯大夫正在桌边看报纸的另外几版。

凯勒年近花甲。感觉迟钝、体态笨重，经商了这么些年，还是能从他身上看见机器厂工人和老板的影子。每当他看报念信，说话听讲的时候，总是全神贯注，这种神情只有没受过教育的人才有，他们对许多众所周知的事物，还不免大惊小怪。这个人做出的判断总是全凭经验和庄稼汉之流的常识。他是个出众的人。

贝利斯年近四十。是个坚持己见，有克制力的人，一个口没遮拦的健谈家，不过连他这份自卑的幽默感里也免不了带点悲哀。

开场，吉姆正站在左边，盯着那棵断树。他在树橛上轻轻磕着烟斗，吹吹通，在口袋里掏烟叶，接着开口说话。

吉　姆　你烟呢?

凯　勒　我想是搁在桌上了吧。(吉姆慢悠悠走到亭子里的桌边，找到个烟袋，就坐在那儿的凳上，装烟斗)今晚要下雨。

吉　姆　报上说的吗?

凯　勒　对，就在这儿。

吉　姆　那这雨下不了。

［弗兰克·卢贝从两排白杨树之间的一小片空地走上场。弗兰克年方三十

二，却已谢顶。他是个生性愉快、一意孤行的人，主意多变，有人跟他抬杠时往往要闹别扭，不过态度还算和悦亲切。他优哉游哉，信步上场，无所事事。他没看到吉姆在亭子里。他招呼时，吉姆连眼睛也不屑一抬。

弗兰克　嗨！

凯　勒　你好，弗兰克。什么事？

弗兰克　没事。吃完早饭出来走走。（抬眼看天）多好的天！一片云也没有。

凯　勒　（抬眼）是啊，好天。

弗兰克　个个星期天都该如此。

凯　勒　（指指身边的报纸）要看报吗？

弗兰克　看不看都一样，全是坏消息。今天有什么灾祸报道？

凯　勒　我不知道。我再也不看新闻版了。还是征求广告更有趣。

弗兰克　什么，你打算买东西？

凯　勒　不，我只是感兴趣罢了。看看人家要什么，知道吗？比方说，这儿有个家伙想买两条纽芬兰狗。

嘿，他要两条纽芬兰狗做什么？

弗兰克　这倒有趣。

凯　勒　这儿又有一条。征求——旧字典。愿出高价。嘿，人家要买本旧字典干吗？

弗兰克　怎么？没准是个书本收藏家。

凯　勒　你是说他靠这个过日子？

弗兰克　那还用说，这种人多着呐。

凯　勒　（摇摇头）如今哪一行没有人干？想当年，你不是当律师，就是做大夫，要不就进厂干活。如今——

弗兰克　说起来，我一度还想当个林务官呢。

凯　勒　唷，那一来你倒露脸啦；想当年，可没这种行当。（匆匆翻阅了一下报纸，随手推开）你只要瞧一瞧这么一页报纸就明白自己少见多怪了。（翻报纸时，不由惊讶地轻轻啐了一下）啐！

弗兰克　（看到树）嗨，你的树怎么啦？

凯　勒　糟糕不糟糕？昨晚一定是风刮断的。你听到刮风了吗？

弗兰克　听到，我院子里也刮得乱七八糟。（走到树边）哎呀呀，多可惜。（回过身来对着凯勒）凯特怎么说?

凯　勒　他们都已经睡了。我正等着她来看呢。

弗兰克　(忽萌奇想)知道吗?——这真是巧事。

凯　勒　什么?

弗兰克　拉里生在八月里。这个月他就满二十七了。偏偏他的树刮断了。

凯　勒　(感动)真难为你还记住他的生日,弗兰克。你真好。

弗兰克　喔,我正在给他算命呢。

凯　勒　你怎能为他算命呢?那是算未来的,是不是?

弗兰克　喔,我是这么算的,瞧。据说拉里是在十一月二十五日失踪的,对不?

凯　勒　怎么啦?

弗兰克　好吧,那就算他是在十一月二十五日送命的。原来,凯特想要——

凯　勒　哦,凯特请你算命?

弗兰克　是啊,她想要算算看十一月二十五日是不是拉里的好日子。

凯　勒　什么,好日子?

弗兰克　喔,根据一个人的星宿来看,好日子就是他的吉日。换句话说，在他的好日子里，他根本不可能送命。

凯　勒　那么，十一月二十五日那一天是不是他的好日子呢？

弗兰克　那正是我一直想算出来的。这要花时间！瞧，关键是，如果十一月二十五日是他的好日子，那么，他完全有可能还在什么地方活着，因为——我是说有这可能。（这时他看到吉姆。吉姆把他当成白痴似的看着。他对吉姆捉摸不定地笑笑）我竟没看到你。

凯　勒　（对吉姆）他在说人话吗？

吉　姆　他？他没毛病。一句话，他只是完全神魂颠倒罢了。

弗兰克　（恼了）你的毛病在于什么都不信。

吉　姆　而你的毛病在于什么都信。今天早起你没看见我孩子？

弗兰克　没。

凯　勒　想想看！他竟把他爹的体温表偷走了。从他爹包里掏走的。

吉　姆　（站起身）真伤脑筋。只要看见一个姑娘一眼，

他就要替她量体温。（走向汽车道，朝舞台后方大街那头看着）

弗兰克　那孩子会成为一个真正的大夫，他聪明。

吉　姆　除非我死了，他才能做成大夫。这也得打下一个良好的基础才行。

弗兰克　怎么啦？大夫是项体面的行业。

吉　姆　（厌烦地看着他）弗兰克，你说话别像上大课了，行不行？（凯勒笑了）

弗兰克　啊唷，两星期前我看过一部电影，不由叫我想起了你。影片里有个大夫——

凯　勒　唐·阿米契[①]！

弗兰克　对，我想是他。他在地下室工作，发现了新东西。你应当从事的就是这个；你可以帮助人类，用不着——

吉　姆　我拿了华纳兄弟的薪金就会乐意帮助人类。

凯　勒　（指着他，哈哈大笑）好极了，吉姆。

吉　姆　（朝屋子看看）咦，说好要上这儿来的那个美人儿在什么地方？

---

① Don Ameche(1908—1993)，美国三十年代著名电影男演员，擅演正面人物。

弗兰克 （激动）安妮来了？

凯　勒 当然来了，睡在楼上。昨天晚上乘一点钟的夜车到，我们去接她的。真是怪事。姑娘离开这儿时，还是个瘦筋包骨的黄毛丫头。隔了两年，竟成了个骨肉匀称的娘儿啦。简直认不出她了，她以前常常在这院子里跑进跑出。吉姆，你屋子里原来住着的是一户幸福美满的人家呢。

吉　姆 真想见见她。街面上有个漂亮姑娘可顺眼了。这一带街面就没一样鬼东西瞧得上眼的。（吉姆的妻子苏上场。她四十岁左右，是个怕发福的大胖女人。吉姆一见她，赶紧扮个鬼脸加上一句）……不用说，除了我太太。

苏 （同样的态度）亚当斯太太叫你听电话，你这坏蛋。

吉　姆 （对凯勒）时兴的就是这么个风气——（走到妻子跟前）我的宝贝，我的光明。

苏 别缠着我。（指指他们家）把她臭骂一顿。电话里我就闻得到她的香水味。

吉　姆 这回她怎么啦？

苏 我不知道，亲爱的。听上去她像在受大罪——除非她嘴里塞满了糖。

吉　姆　你干吗不叫她躺下?

苏　你叫她躺下，她才更有劲呢。呃，那你几时去看哈巴德先生啊?

吉　姆　我的心肝儿；哈巴德先生没生病，我还有比干坐在那儿握住他手更要紧的事要办呢。

苏　依我看来，出十块钱你就可以握住他的手。

吉　姆　(对凯勒)如果你儿子想要打高尔夫，告诉他我随时奉陪。或者要是他愿意花三十年工夫环游世界的话，我也愿意奉陪。(他下场)

凯　勒　你干吗逗他?他是个大夫，那就少不了女人打电话找他。

苏　我只是说亚当斯太太叫他听电话。可以给我点香菜吗?

凯　勒　当然可以，请便。(她走到香菜柜那儿，扯了几棵香菜)你当护士年月太长了，苏珊。你太……太……现实了。

苏　(指着他，哈哈大笑)你算说对了!

［莉迪亚·卢贝上。她是个精力充沛、爱说爱笑的女人，二十七岁。

莉迪亚　弗兰克，烤面包器——(瞧见众人)嗨。

凯　勒　你好！

莉迪亚　（对弗兰克）烤面包器又坏了。

弗兰克　哦，接上插头就好了。我刚修好嘛。

莉迪亚　（软中带硬）亲爱的，那就请你把它照刚才那样再修一下吧。

弗兰克　我真不知道你干吗不能学会拧开烤面包器这么简单的玩意儿！（下）

苏　（大笑）托马斯·爱迪生。

莉迪亚　（表示歉意）他的手很灵巧。（她看见断树）哦，难道风把你的树刮坏了？

凯　勒　是啊，昨晚。

莉迪亚　哦，真可惜。安妮来了吗？

凯　勒　她马上就下楼来。回头你就会见到她，苏，她真是个尤物。

苏　可惜我不是个男人啊。人家总是给我介绍美人儿。（对乔）歇会儿叫她来玩玩，我想她准愿意看看我们把她屋子收拾得怎么样了。谢谢。（下）

莉迪亚　她还不高兴吗，乔？

凯　勒　安妮吗？我想她不会满足于独守空闺，不过看上去她死了心。

莉迪亚　她要结婚吗？有哪个人——

凯　勒　我想——大概，已经两年了吧。她总不能永远哀悼未婚夫啊。

莉迪亚　这真怪——安妮上这儿来，竟然还没结婚。可我有三个娃娃。我总是在想，事情会完全倒过来。

凯　勒　唉，这都是战争作的孽。我原有两个儿子，如今只剩一个。这真是乱了套啦。想当年，你有儿子就是光荣。如今呢，一个大夫要是能想出个办法让个小子一出世就缺个勾扳机的手指，准能发大财。

莉迪亚　你可知道，我正在看——

［克里斯·凯勒自屋内上，站在门口。

莉迪亚　嗨，克里斯。

［弗兰克在台后大声叫唤。

弗兰克　莉迪亚，进屋来！如果你想要叫烤面包器管用，可别把插头插到麦芽搅拌器里。

莉迪亚　（窘态毕露，哈哈大笑）真的吗？

弗兰克　下回看见我修东西，可别再说我发疯！快进屋来！

莉迪亚　（对凯勒）我再也听不到这回事的下文啦。

凯　勒　（高声唤弗兰克）那有什么关系？不吃烤面包，

吃麦芽！

莉迪亚 嘘！嘘！（下，大笑）

[克里斯目送她走开。他有三十二岁；像他父亲，身体结实，沉默寡言。他是个具有无限深情、无限忠诚的人。他正一手端着杯咖啡，一手拿着一角炸面饼圈。

凯 勒 你要看报吗？

克里斯 好，只要看书刊栏。（他弯下腰，在门廊地上抽出张报纸）

凯 勒 你老是看书刊栏，可你从来不买书。

克里斯 （走到长靠椅跟前）我愿意保持我的愚昧无知。（他坐在长靠椅上）

凯 勒 怎么说，每星期都出本新书吗？

克里斯 新书多的是。

凯 勒 本本都不同。

克里斯 本本都不同。

[凯勒摇摇头，把刀子搁在凳上，把磨刀石搬到柜子上。

凯 勒 啐！安妮起来了吗？

克里斯　妈妈在餐厅里给她吃早饭呢。

凯　勒　（看着断树）瞧见这棵树出毛病了吗？

克里斯　（眼也不抬）嗯。

凯　勒　不知妈妈要说什么呢？

［伯特从门口奔过来。他约八岁。他跳上凳子，又跳到凯勒的背上。

伯　特　你到底起来了。

凯　勒　（把他挥了一圈，放他下来）嘿！伯特到了！汤米呢？他又拿他爹的体温表了。

伯　特　他在量体温。

克里斯　什么！

伯　特　只是口腔表罢了。

凯　勒　哦，原来如此，口腔表还不要紧。说起来今儿早起有什么消息，伯特？

伯　特　没什么。（他走到断树跟前，围着转）

凯　勒　那你肯定还没有把街面彻底调查一遍。开头，我派你当警察的时候，你还经常在每天早晨向我报告什么新鲜事。如今，什么新鲜事都没啦。

伯　特　只有几个三十号街来的孩子。他们起脚把一个罐头朝街巷那头踢过去，我就把他们赶走，因为你在睡觉。

凯　勒　这才像话呐，伯特。这下才算机灵。首先你要知道我可能要派你当个侦探呐。

伯　特　（扯住他的上衣翻领，把他拉到身边，跟他说悄悄话）现在能让我看看监牢吗？

凯　勒　监牢是不准看的，伯特。这点你也知道。

伯　特　喔，我敢打赌连屁个监牢都没有。地下室窗子上根本看不见铁栅栏。

凯　勒　伯特，我拿名誉担保，地下室里确实有一个监牢。我不是给你看了我的枪吗？

伯　特　可那是支猎枪。

凯　勒　那是支抓人的枪！

伯　特　那你干吗从来不抓人？汤米昨天又对多丽思说下流话了，你连降级处分都不给他。

［凯勒嘻嘻笑，对站在一边看得津津有味的克里斯眨眨眼。

凯　勒　哦，那个汤米原来是个危险分子。（招呼他凑近身）他说什么话来着？

伯　特　（奇窘无比，赶紧缩回）哎哟，我说不出口。

凯　勒　（一把抓住他衬衫，把他拖过来）那么，讲给我听一个大概意思。

伯　特　不能说。这不是句好话。

凯　勒　就在我耳边悄悄说。我闭上眼睛。没准我连听也听不见。

［伯特踮起脚尖，嘴唇凑近凯勒的耳朵，随即窘得不得了，又往后退了。

伯　特　不能说，凯勒先生。

克里斯　（大笑）别逼他说了。

凯　勒　得了，伯特。我相信你的话。现在出去，加倍留神。

伯　特　（感到有趣）干什么？

凯　勒　干什么！伯特，整个街坊全靠你了。警察是不兴提问题的。可得留神啊。

伯　特　（稀里糊涂，倒也心甘情愿）得令。（他奔到亭子后，下场）

凯　勒　（在后面叫他）别声张，伯特。

［伯特停步，从亭子里探出头来。

伯　特　什么别声张？

凯　勒　就是一般的事。要非—常—非—常谨慎。

伯　特　（左右为难地点点头）得令。（下）

凯　勒　（大笑）我把所有的孩子都逗疯了！

克里斯　总有一天，他们会统统上这儿来，揍得你脑袋开花。

凯　勒　不知她要说什么呢？也许咱们应当趁她没看到就先对她说。

克里斯　她看见了。

凯　勒　她怎会看见？我是第一个起身的。她还睡在床上呢。

克里斯　树刮断的时候，她正巧在外边。

凯　勒　几时？

克里斯　大约清晨四点钟。（指指上面的窗子）我听到噼哩啪啦声，惊醒过来就朝外看。树刮断的时候，她正巧站在这儿。

凯　勒　清晨四点钟她到外边这儿来干什么？

克里斯　我不知道。树刮断的时候，她跑回屋子，在厨房里哭。

凯　勒　你跟她说话了？

克里斯　没，我——我想最好还是让她去。（稍停）

凯　勒　（深深感动）她哭得响吗？

克里斯　透过我房里地板也听得见她的哭声。

凯　勒　（稍息片刻）那时刻她还到外边这儿来干什么？（克里斯沉默不语。凯勒带着愠怒的口气）她又梦到他啦。夜里出来蹓蹓。

克里斯　我看是这样。

凯　勒　自从他死后她就变成这样。（稍停一下）这有什么意思？

克里斯　我不知道什么意思。（稍停一下）不过我知道一点，爹。咱们在妈身上犯了个大错误。

凯　勒　什么？

克里斯　对她不老实。这种事总有报应，这下可是眼前报了。

凯　勒　你说什么，不老实？

克里斯　你知道拉里回不来了，我也知道这点。干吗咱们还让她一直以为咱们都跟她一样想法？

凯　勒　你要干什么，跟她争论吗？

克里斯　我不想同她争，不过应当让她明白没人相信拉里还活着了。（凯勒干脆走开，一面看着地上，一面想着）教她怎么不梦到他，夜夜出来等他呢？咱们同她唱反调吗？咱们对她拆穿讲咱们再也不存指望了吗？说咱们这些年来根本就没存过什么指望吗？

凯　勒　（听到这些想法大吃一惊）你不能跟她说这话。

克里斯　咱们就得跟她说这话。

凯　勒　你打算怎么来证明这点呢？你能证明吗？

克里斯　天呐，三年了！没人隔了三年才回来的。这真是发疯。

凯　勒　对你说来是这样，对我也是。可对她不是。你可以说得声嘶力竭，可是一没尸体，二没坟墓，那人到底在什么地方呢？

克里斯　坐下，爹。我要跟你谈谈。

［凯勒眼光敏锐地朝他打量了一会。

凯　勒　毛病出在该死的报纸上面。每个月都有哪个小子从不知什么地方钻出来，所以接下来总该轮到拉里，所以——

克里斯　行了，行了，听我说。（稍停一下。凯勒坐在长靠椅上）你知道我干吗请安妮上这儿来吗？

凯　勒　（他明知故问）干吗？

克里斯　你明明知道。

凯　勒　这个嘛，我有个模糊的想法，不过——真相怎么样？

克里斯　我要向她求婚。（稍停一下）

［凯勒点点头。

凯　勒　好哇，那只是你的事情罢了，克里斯。

克里斯　你知道这不光是我的事情。

凯　勒　你要我怎么办？你年纪大了，自己能拿主意了。

克里斯　（恼火，追问）那行，我就放手干了？

凯　勒　这个嘛，你要拿准妈妈不打算——

克里斯　那么这就不光是我的事情啦。

凯　勒　我只是说——

克里斯　你往往把我惹火了，你知道吗？如果我把这事告诉妈，她为这事大发其火，这不也是你的事情吗，你装聋作哑倒真有那么一手。

凯　勒　该装聋作哑的我就装聋作哑。那姑娘是拉里的姑娘。

克里斯　她不是拉里的姑娘。

凯　勒　从妈的观点来看，他没有死，因此你没权利娶他的姑娘。（稍停一下）如果你知道有什么路可走，你尽管去走，不过老实对你讲，我可不知道有什么路好走。明白吗？我不知道。现在你有什么事？

克里斯　我不知道究竟怎么回事，不过每当我快达到目的的时候，由于人家要受罪，我总得打退堂鼓。我倒了一辈子霉，三番五次地碰上这等事。

凯　勒　你是个会体贴人的家伙，那没什么错。

克里斯　去他妈的。

凯　勒　你问过安妮了？

克里斯　我先要解决这个问题。

凯　勒　你怎么知道她会嫁给你？说不定她跟妈想到一块儿去了呢？

克里斯　好吧，她要真这么想，那事情就算完了。从她的信看来，我想她忘了他啦。我会弄清楚的。然后我们就向妈兜底都谈了，对不？爹，别回避我。

凯　勒　毛病就在于你见识过的女人太少啦。你根本见识太少。

克里斯　那又怎么样？我可不同女人鬼混。

凯　勒　我不明白干吗非挑安妮不可。

克里斯　因为挑的就是安妮。

凯　勒　回答得好，可是等于什么都没回答。自从你去打仗以来你就没见到她。有五年啦。

克里斯　我没办法。我最了解她。我跟她是从小一起长大的隔壁邻居。这些年来我一想起娶谁做老婆，我就想到安妮。你要什么，一份详细图表吗？

凯　勒　我不要什么详细图表……我——我是——她当他要回来了，克里斯。你娶了那姑娘等于宣称他死了。这下妈会怎么样呢？你知道吗？我不知道！（稍停）

克里斯　那就算了吧，爹。

凯　勒　（以为克里斯让步了）再三想想吧。

克里斯　我已经想了三年啦。我原指望要是自己耐心等候，妈总会忘了拉里，这一来我们就可以举行正式婚礼，皆大欢喜。不过要是事与愿违，那我就只好走。

凯　勒　这到底算什么一出？

克里斯　我要走。我要结婚，住到别处去。说不定住在纽约。

凯　勒　你疯了吗？

克里斯　我这个乖儿子做得太久了，真是个乖傻瓜。我从此不干了。

凯　勒　你在这儿有买卖，这到底算怎么一出？

克里斯　买卖！买卖可鼓不起我的劲来。

凯　勒　你非得鼓鼓劲吗？

克里斯　是啊，我希望一天有这么一个钟头。要是我整天都得辛辛苦苦地挣钱，至少在晚上我要过得舒舒服服。我要个家。我要几个孩子，我要建立我能为之献身的东西。安妮是这一切的中心。唉……我到什么地方去找呵？

凯　勒　你是说——（向他走去）告诉我，你是说你想扔下买卖不管？

克里斯　是啊。我准备这样。

凯　勒　（沉思半晌）算了吧……你用不着这么想。

克里斯　那就帮我待在这里。

凯　勒　行，可是——可是别这么想。因为我拼死拼活地干，到底为什么啊？还不全是为了你，克里斯，整个儿都是为了你呵！

克里斯　这我知道，爹。只要你帮我待在这里就行。

凯　勒　（举起拳头对着克里斯的下巴颏）可是别这么想。你听见吗？

克里斯　我正这么想呢。

凯　勒　（放下手）我真不了解你，是吗？

克里斯　是，你不了解。我是条铁铮铮的硬汉。

凯　勒　嗯。这点我看得出。

［妈妈在门廊上出现。她有五十出头，是个灵感冲动起来一发不可收拾的女人，她的爱简直叫人受不了。

妈　妈　乔吗？

克里斯　（向门廊走去）你好，妈。

妈　妈　（指指背后的屋子，问凯勒）你在水槽下面拿过一袋东西吗？

凯　勒　拿过，我把它扔在泔脚桶里了。

妈　妈　哎哟，把它从桶里拿出来。那是我的土豆。

［克里斯忍不住哈哈大笑——走进小径。

凯　勒　（大笑）我还以为是垃圾呢。

妈　妈　你给我行个好成不成，乔？别越帮越忙啦。

凯　勒　我还再买得起一袋土豆呢。

妈　妈　米妮昨晚把泔脚桶泡在开水里洗刷过了。比你牙齿还干净呢。

凯　勒　我真不懂为什么，我工作了四十年，有了一个使女，为什么我还得去掏垃圾。

妈　妈　如果你肯承认厨房里的东西并不是每袋都装满

垃圾，你就不会把我的蔬菜扔掉了。上回扔掉的是洋葱。

［克里斯走过来，把那袋土豆给她。

凯　勒　我不喜欢屋里有垃圾。

妈　妈　那就别吃。（她带了那袋土豆走进厨房）

克里斯　今天你的事就算这样解决了。

凯　勒　是啊，我又占下风啦。我真弄不懂，从前我经常以为等我又有了钱就用上一个使女，我老婆就会轻松轻松。如今我有了钱啦，使女也用上啦，我老婆倒替使女干起活来了。（他坐在一张椅子里）

［刚说到最后一句妈妈出来了。她捧着一锅菜豆。

妈　妈　今天她休息，你嘀咕什么？

克里斯　（问妈妈）安妮还没吃好吗？

妈　妈　（心事重重，在院子里四处张望）她马上就要出来了。（走动）瞧那阵风在这地方干的好事。（指的是树）谢天谢地，总算就出这么一件事。

凯　勒　（指指身边的椅子）坐下，别着急。

妈　妈　（一手按住脑门）我脑门好痛啊。

克里斯　要我给你片阿司匹林吗？

［妈妈在地上拾起几片花瓣，站在那儿嗅嗅手里的花瓣，嗅罢把花瓣撒在花草上。

妈　妈　玫瑰谢了。这真稀奇……样样事情都一齐讲定在同时发生。这个月是他的生日；他的树刮倒了，安妮来了。发生的事情似乎样样都回到了眼前。我刚走到地下室去，你猜我在什么东西上绊了一跤啊？原来是他的棒球手套。我倒有多年没看见这东西了。

克里斯　你认为安妮好看吗？

妈　妈　好看。那还用问。她是个美人儿……我还是弄不懂她干吗到这儿来。倒不是我不高兴见她，不过——

克里斯　我只是认为我们大家都愿意彼此再见见面。（妈妈只是看着他，一味轻轻地点头——几乎像在赞同什么事情）而我自己也想要见她。

妈　妈　（她不再点头，对凯勒）只有一样，就是我认为她的鼻子太长了点。不过我倒一向疼这姑娘。她这等人一旦跟她的男朋友好上了，就决不肯再跟别人睡觉。

凯　勒　（好像安妮不可能是这等人似的）哦，你怎么——？

妈　妈　没关系。她们多半人都等不到拆开电报。她来了我倒很高兴，这样你就能明白我不是十足的精神错乱。（坐下，麻利地剥着锅里的菜豆）

克里斯　光是因为她不嫁人并不等于说她还在哀悼拉里。

妈　妈　（暗中观察）那她为什么不嫁呢？

克里斯　（有点慌张）这个……可能有许许多多原因。

妈　妈　（直接问他）比方说，像什么？

克里斯　（窘，但不改变看法）我不知道。管它是什么。要我给你片阿司匹林吗？

［妈妈一手按着头。她站起身，漫无目的地向耸立的树木走去。

妈　妈　这不像头痛。

凯　勒　你睡不好，那才是原因。她穿坏的卧室拖鞋比鞋子还多。

妈　妈　我上一夜过得真糟心。（她不动了）我从没碰到像上一夜这样的。

克里斯　（眼睛看着凯勒）怎么啦，妈？你做梦了吗？

妈　妈　不止，不止一个梦。

克里斯　（犹豫不决）梦见拉里？

妈　妈　我刚睡着，就——（她对着观众的座位上方高举胳臂）还记得他受训时经常低飞掠过屋子吗？那时咱们经常看到座舱里他的脸一擦而过，那就是我看到他的样子，只是高高在上。老高，老高，高到云霄。他实在太逼真了，我可以伸出手去摸他。冷不防他一下子摔倒了。就放声大哭，对我哭着喊……妈呀，妈呀！我听得见他喊，就像他在房里一样。妈呀……这是他的声音！要是我摸得到他，我知道就能叫他别喊，只要我能——（突然中断，听凭伸出的手臂掉下）我醒了过来，说来稀奇——那阵风……声音就像飞机的引擎一样呼吼。我出来，到了这儿……我一定还是半睡半醒的。我听得见那阵呼吼，好像他刚飞过去。那棵树就当着我的面刮断了——我才像——大梦初醒。（她瞧着树。恍然大悟，哆哆嗦嗦地伸出手指，责难地对着凯勒点点捌捌）瞧！咱们就根本不该种这棵树。我原先就这么说过；要为他种树未免过早。

克里斯　（惊恐）过早！

妈　妈　（发火）咱们匆匆忙忙就种。大家都这么来不及想埋葬他。我说过暂且不要种。（对凯勒）我跟你说过——！

克里斯　妈！妈！（她竭力想看透他的脸部表情）风把它刮倒的。那又有什么了不起的呢？你在说些什么啊？妈，请你……别再从头说起了，行不行？这不好，得不到什么好处。我一直在想，你知道吗？——说不定咱们应当把他忘掉吧！

妈　妈　这星期你是第三回说这话了。

克里斯　因为这不对头；咱们的日子从来没有回过头来重过的。咱们就像在火车站上等一辆永远不会来的列车。

妈　妈　（按脑门）嗨，给我片阿司匹林好吗？

克里斯　那还用说，嗨，让咱们摆脱这件事吧，妈。我想咱们四个不妨到外边吃饭，玩它两夜，还可以在海滨跳跳舞。

妈　妈　好。（对凯勒）咱们今晚就可以去。

凯　勒　我看好极了！

克里斯　那还用说，咱们出去玩玩吧。（对妈妈）你先吃下这片阿司匹林。（他精神焕然一新，走进了

屋。她的笑容顿时消失)

妈　妈　(带着责难的口气)他干吗请她到这儿来?

凯　勒　这件事干吗要你操心?

妈　妈　她在纽约住了三年半，干吗一下子——?

凯　勒　说起来，也许——也许他只是想看看她。

妈　妈　没人走了七百英里路“只是想看看”的。

凯　勒　你这是什么意思?他跟这姑娘做了一辈子隔壁邻居，想要再见见她，有什么不应当的?(妈妈感到不满地瞧着他)别这样瞧着我，他告诉我的并不比告诉你的更多。

妈　妈　(提出一个警告和一个问题)他可不能娶她。

凯　勒　你怎么知道他竟想到这事?

妈　妈　这事一看就明白了。

凯　勒　(留神看着她的反应)哦?那又怎么样?

妈　妈　(惊慌)这儿发生什么事啦，乔?

凯　勒　听我说，宝贝——

妈　妈　(避免跟他接触)她不是他的未婚妻，乔;她也知道自己不是。

凯　勒　你猜不透她心思。

妈　妈　那她干吗还是独身?纽约多的是男人，她干吗不嫁?（稍停）大概有不少人说她傻，可她还是等着。

凯　勒　你怎么知道她干吗等着?

妈　妈　她同我一个想法，就是这个道理。她是忠贞不渝的。在我最难受的时刻，我想到她在等候，我就又知道自己的想法对头。

凯　勒　瞧，今天是个好天。咱们吵什么呢?

妈　妈　（表示警告）这屋子里谁也休想破坏她的贞节，乔。陌生人倒不妨。可是他的父亲不行，他的哥哥也不行。

凯　勒　（恼羞成怒）你想要我干什么?你想要什么?

妈　妈　我想要你装作拉里回来的样子。你们父子都这样。自从克里斯请她来以后，别当我没看出你们来。我决不允许闹出什么笑话。

凯　勒　可是，凯特——

妈　妈　因为要是他不回来，我就自杀！笑吧，笑我吧。（她指着树）不过为什么偏偏在她回来那一夜出这事呢?笑吧，可这类事情总有含意。她睡在他的房里，可纪念他的树却断了。瞧这个，瞧（她坐在凳上）乔——

凯　勒　镇静一下。

妈　妈　说真的，乔。我一个人实在受不了。

凯　勒　镇静一下。

妈　妈　就在上星期，底特律就有一个比拉里失踪时间更久的人出现。你自己也看见报上登了。

凯　勒　得啦，得啦，镇静一下。

妈　妈　尤其是你更应该相信，你——

凯　勒　（站起身）为什么尤其是我？

妈　妈　只要保持信心。

凯　勒　尤其是我，这是什么意思？

［伯特冲了进来。

伯　特　凯勒先生！喂，凯勒先生！……（指指汽车道那头）汤米又说这话啦！

凯　勒　（一点也不记得了）说什么？谁？

伯　特　下流话。

凯　勒　哦，原来如此——

伯　特　咦，你不是要抓他吗？我警告他了。

妈　妈　（冷不防）别说啦，伯特。回家去。（看她走近，伯特往后退）这儿没有监牢。

凯　勒　（仿佛想说，"哦—让—他—相—信—这—

儿—有—监—牢—到—底—有—什—么—关—系”)凯特——

妈　妈　(满肚子火发在凯勒头上)这儿没有监牢！我要你别玩监牢那一套把戏！(他转过身，又羞又恼)

伯　特　(走过她身边到凯勒跟前)他就在马路对面。

妈　妈　回家去，伯特。(伯特回过身子就朝汽车道那头跑去。她气得发抖，话也说得断断续续，急得要命)我要你别玩那套，乔。别玩监牢那一套把戏！

凯　勒　(惊慌，因而发怒)瞧你，瞧你抖的。

妈　妈　(拼命想克制，紧握双手动来动去)我实在没法子。

凯　勒　我有什么要隐瞒的？你到底怎么啦，凯特？

妈　妈　我没有说你有什么要隐瞒的。我只是叫你别玩这套！就此别玩！(这时安和克里斯在门廊上出现。安二十六岁，尽管她心里有数，却能守口如瓶，态度温柔。克里斯替她开门)

安　嗨，乔！(她坦然哈哈大笑，一点也不忸怩作态，

因为他们太相熟了)

克里斯 (他伸出手臂，一副骑士气派，把安领了过来)吸吸这儿的空气，小妞儿。你在纽约根本吸不到这样的空气。

妈 妈 (脾气真正压下去了)安妮，你哪来的这套衣服啊!

安 我见了就忍不住想买。趁我还没倾家荡产，马上买了下来。(转了一圈)三个星期的薪水，贵不贵?

妈 妈 (问凯勒)她美极了对不对——?(对安)真是好看，简直好——

克里斯 (问妈妈)好，说正经的，你看到的姑娘中是不是数她最美?

妈 妈 (听到他这么露骨的赞美，顿时注意起来，不知不觉中伸出手去拿一杯水，一手还拿着片阿司匹林，于是——)亲爱的，你体重增加点了吧?(她吞下药片，又喝了口水)

安 重了又轻了。

凯 勒 瞧她那双腿长得多好看!

安 (跑到篱笆边时)好家伙，白杨树长得多密，不是吗?

[凯勒走到长靠椅前,坐下。

凯　勒　哎呀,三年啦,安妮。我们都老喽,孩子。

妈　妈　你妈喜欢不喜欢纽约啊?(安一直朝树缝里看过去)

安　(有点不快)他们为什么把我的吊床拆掉?

凯　勒　噢,不是拆掉的,是断掉的。有两年了。

妈　妈　什么断掉的?他一吃过饭,就一骨碌钻进去睡了。

安　(格格大笑,折回到吉姆的院子)啊,对不起!

[吉姆已走到篱笆前,正从篱笆那面张望着。他抽着雪茄。她刚失声叫了出来,他已经到台上。

吉　姆　你好啊。(对克里斯)她看上去很聪明!

克里斯　安,这位是吉姆——贝利斯大夫。

安　(握握吉姆的手)啊,真是的,克里斯信上老是提到你。

吉　姆　别信这套。他喜欢大家。在大队里他是出名的凯勒大娘。

安　这点我倒信。你知道——?(对妈妈)眼见他走出那院子真稀奇。（对克里斯）我觉得根本没长大过。恍如妈和爸现在都在那儿。你和你弟弟在做代数，拉里打算抄我的作业。唉，那些已成历史陈迹的黄金时代一去不复返了。

吉　姆　哦，但愿你不是要我搬走吧？

苏　（在台后大声叫唤）吉姆，进屋来！哈巴德先生叫你听电话！

吉　姆　对你说过我不想听——

苏　（娇媚得无法抵挡）心肝儿，请吧！请吧！

吉　姆　（只得遵命）好，苏珊。（拖着脚步走开）好，好……（对安）我跟你虽只初次见面，安，不过如果我可以奉劝你一句——一旦你嫁人，千万别——连心里都不能有这想法——千万别算你丈夫有多少钱。

苏　（在后台喊）吉姆？

吉　姆　马上来！（转过身就走）马上来。（下）

妈　妈　（安正看着她。她意味深长地说）我叫她弹吉他。这一来他们两口子就会有个共同爱好。（众笑）嘿，他倒真爱起吉他来了！

［安似乎想制服妈妈，忽然活泼起来，

走到坐在长靠椅上的凯勒身边，一屁股坐在他膝上。

安　咱们今晚到海滨吃饭吧！在这一带闹它个天翻地覆，就像拉里出门前咱们经常玩的那样！

妈　妈　（感情冲动）你竟想到了他！你们瞧？（得意扬扬）她竟想到了他！

安　（莫名其妙地一笑）你这是什么意思，凯特？

妈　妈　没什么。只是说你——还记得他，他还在你心坎里。

安　这话倒说来稀奇；我怎能不记得他？

妈　妈　（搞错她的意思，扯到另一头去了；她重新找词儿。她站起身，走到安身边）你东西都挂好了吗？

安　挂好了……（对克里斯）唷，你倒真是讲究穿衣服。壁橱里简直找不到空地方了。

妈　妈　哦，你难道不记得了……那是拉里的房间。

安　你是说……是拉里的？

妈　妈　你难道认不出来？

安　（慢慢站起身，有点窘）这个嘛，我倒根本没想到你会——我是说双双皮鞋都擦得雪亮。

妈　妈　是啊，亲爱的。（稍停一下。安不禁盯着她。妈妈津津乐道地扯着闲话，打破僵局，一边伸出胳臂搂住安，一边陪她走）我老早就盼着跟你好好谈谈，安妮。说给我听听吧。

安　什么？

妈　妈　我不知道。说些愉快的。

克里斯　（做鬼脸）她是说你常出去吗？

妈　妈　哎哟，住口！

凯　勒　还有他们当中哪个人是一本正经的？

妈　妈　（笑着，坐进椅子里）你们两个干吗都不给我闭嘴？

凯　勒　安妮，你可不能再跟那女人一起上饭馆。不消五分钟就有三十九个陌生人坐到她桌边，对她倾吐各人身世。

妈　妈　如果我不能问问安妮私人问题——

凯　勒　问问完全可以，就是别把她搞得摸不着头脑。你把她搞得摸不着头脑了，你把她搞得摸不着头脑了。（大家全都笑了）

［安从凳上把那锅豆拿开，搁在椅子下的地板上，自己坐了下来。

安　（对妈妈）别让他们吓住。要问什么尽管问，你想要了解什么，凯特？来吧，咱们聊聊。

妈　妈　（对克里斯和凯勒）就数她说话在理。（问安）怎么，你妈——她没离婚吧？

安　没，眼下她对这事倒平静下来了。我想他一旦出来，他们大概会住在一块过日子。当然，在纽约。

妈　妈　那敢情好。因为你爸爸还是——我是说他毕竟还是一个正人君子。

安　我无所谓。要是她愿意她可以再跟他好。

妈　妈　你呢？你——（不以为然地摇摇头）常出去吗？（稍停一下）

安　（反应灵敏）你是说我还在等他吗？

妈　妈　哦，不是。我没要求你等他，不过——

安　（和颜悦色）不过那正是你要说的，是不是？

妈　妈　这个嘛……倒也是。

安　真的吗，凯特？我不在等。

妈　妈　（软弱无力）你不在等？

安　这岂不是荒唐吗？难道你真的还当他——？

妈　妈　我也有数，亲爱的，可是别当这事荒唐，因为报上全这么说；我对纽约并不了解，可是有半版报纸说有个人比拉里失踪时间长，他竟在缅甸出现了。

克里斯 （走到安身边）他不见得非常急于想要回家，妈。

妈 妈 别自作聪明。

克里斯 缅甸的生活苦得要命。

安 （站起来，在克里斯背后转过身）我也这么听说过。

克里斯 妈，我跟你拿钱打赌，国内只有你这么一个女人过了三年还是——

妈 妈 你敢打包票？

克里斯 是呀，我敢。

妈 妈 得了，你要敢打包票就去打吧。（她顿时回过头去）人家在无线电广播里没这么说，不过我敢说，深更半夜里做娘的还在等她们的儿子。

克里斯 妈，你真是完全——

妈 妈 （挥手赶他）别这么太自作聪明啦！给我住口！（沉默片刻）有些事情你们不懂。你们全不懂。我说一件给你听听，安妮。在你心坎深处，你一直在等他。

安　（一口回绝）不，凯特。

妈　妈　（越钉越紧）可是在你心坎深处，安妮！

克里斯　她应当有数，难道不是吗？

妈　妈　别让他们教你怎么想。听听你的内心。只听你的内心。

安　你的内心为什么对你说他还活着？

妈　妈　因为他就得活着。

安　可为什么呢，凯特？

妈　妈　（向她走去）因为某些事就得这样，而某些事又决不能这样。像太阳总得升起来，这件事就得这样。那就是为什么有上帝。不然的话，什么事都能发生。但是有了上帝，某些事就决不能发生。安妮，我会知道的——就像我知道那天他（指克里斯）——投入那场吓死人的战斗。他给我写过信吗？报上登出来过吗？没有，可是那天早晨，我的脑袋就是离不开枕头。不信问乔。忽然一下子，我知道了。我知道了！那天他差点送了命。安，你知道我错不了！

［安默默站在那儿，然后转过身，哆嗦着向舞台后方走去。

安　不对，凯特。

妈　妈　我得喝点茶。

［弗兰克出场，带着梯子。

弗兰克　安妮！（走过去）哎哟，你好啊！

安　（接过他手）咦，弗兰克，你头发掉了。

凯　勒　他身上压担子呢。

弗兰克　哎哟！

凯　勒　要没有弗兰克，星星就不知道几时出来。

弗兰克　（大笑，对安）你看上去更像个女人了。你完全长成大人啦。你——

凯　勒　别猴急，弗兰克，你是个结过婚的人啦。

安　（趁他们在笑）你还在经营杂货吗？

弗兰克　为什么不？或许我还能当上总经理呢。你兄弟怎么样？听说，得了学位啦。

安　啊，乔治如今自己开办事务所啦。

弗兰克　真的吗！（严肃）你爹呢？他可——？

安　（出其不意）好。我要进去看看莉迪亚。

弗兰克　（同情）怎么样，你爹有希望马上假释吗？

安　（越来越不自在）我真的不知道，我——

弗兰克　（看在她分上坚定地替她父亲辩护）你知道，

我是说因为我觉得，像你父亲这么个聪明人关进牢里，应当有条法律规定你要不判他死刑，过一年就得放他。

克里斯 （打岔）弗兰克，要帮你扶梯子吗？

弗兰克 （心领神会）不要紧，我——（收起梯子）我今晚就能看完星相，凯特。（窘）回头见，安，你气色好极啦。（下。大家看着安）

安 （慢条斯理地在凳上坐下，问克里斯）他们还在不停谈论着爹吗？

克里斯 （走过来，坐在椅子扶手上）没人再谈起他。

凯 勒 （起身，向她走来）过去的事就忘了吧，孩子。

安 老实说吧。因为我不想要见到这街面的任何人，如果他们都打算——

克里斯 我不想叫你为这事操心。

安 （问凯勒）他们还记得这件案子吗，乔？他们谈起你吗？

凯 勒 还谈起这事的人只有我太太。

妈 妈 那是因为你一直跟孩子玩什么当警察。他们的家长只听得你说监牢，监牢，监牢。

凯 勒 其实是这么回事，我从监狱里回到家来，当时孩子都对我很感兴趣。你了解孩子。我竟成了——(大笑)监牢情况的专家了。久而久之，他们也搞糊涂啦……结果我成了侦探啦。(大笑)

妈　妈　只是他们并没有搞糊涂。(对安)他还掏出一把用点心盒商标做的警章分给他们。(众人大笑)

［安站起身，走到凯勒身边，伸出胳臂搂住他肩膀。

安　(对他们大为惊讶，喜出望外)哎哟，听到你们放声大笑真是妙极了。

克里斯　唷，你还以为怎么着?

安　我记得这街面上的最后一件事，就是一句话——“抓凶手!”还记得吗，凯特?——哈蒙德太太站在我们家门口，大声喊着这句话——我想，她还在吧?

妈　妈　他们全都还在。

凯　勒　别听她的。每星期六晚上这帮子人都在这亭子里打牌。那些叫骂凶手的如今全都在赢我的钱呐。

妈　妈　别，乔；她是个多心眼的姑娘，别哄她。(对安)他们还记得你爹。他的情况就不同啦。(指乔)他是无罪释放的，你爹还在里边。那就是我对你这次来不怎么热心的缘故。老实说，我知道你心眼多，我告诉过克里斯，我说——

凯　勒　听着，你照我这个办法去做，保险你就会平安无事。那天，我回到家来，我下了汽车——不停在家门口……停在街角上。可惜你不在这儿，安妮，还有你，克里斯，也可惜不在这儿；你们没瞧上这份热闹。人人都知道那天我出来；门廊都挤满了人。想象一下这情景吧；没一个人相信我是无辜的。大家都传说，我要了个诡计，骗得了假释。所以我走下汽车，就朝街那头走去。走得很慢。脸上堆着笑。畜生！我是畜生；是把有裂缝的汽缸盖卖给陆军航空队的那个家伙；是造成二十一架 P-40 型飞机在澳大利亚失事的那个家伙。好小子，我沿着大街走的那天，我还是个天大的罪人呢。只是，我不是罪人，我口袋里有法院文件，证明我不是，我就走啊……走……走过了门廊。结果呢？过了十四个月，我又开了本州最大的工厂之一，又成了个受敬重的人；比以前更了不起啦。

克里斯　（佩服）一身是胆的乔大爷。

凯　勒　（精神抖擞）你压倒他们的唯一方法就是胆量！

（对安）你最失算的一件事就是从这里搬走。这样你爹出来他就难做人了。我讲给你听这事就是这个道理，我希望看到他再搬回到这街面上来。

妈　妈　（痛苦）他们怎能搬回来呢？

凯　勒　要等到他们搬回来事情才算完！（对安）要等到人家又同他打牌啦，跟他讲话啦，对他笑啦才算完。你同人家打牌才知道他不会是凶手。下回你给他写信，我希望你把我的话告诉他。（安只是盯着他）你听懂我话了吗？

安　（感到意外）难道你没抓住他什么把柄吗？

凯　勒　安妮，我根本不主张折磨人。

安　（莫名其妙）可他是你的合伙人，他把你害苦了。

凯　勒　说起来，他虽然不是讨我喜欢的人，不过你总得宽恕人家，是吗？

安　你，也是吗，凯特？你不感到——？

凯　勒　（对安）下回你给你爹写信——

安　我不给他写信。

凯　勒　（吃惊）哦，你有时候——

安　（有点害臊，可是态度坚决）不，我从来也不给他写信。我兄弟也从来不写。(对克里斯)喂，你也是这个看法吗？

克里斯　他害死了二十一个飞行员。

凯　勒　这么讲法到底算什么意思？

妈　妈　这么讲一个人可不对头。

安　你还有什么好说的？他们抓走他那时我跟着他，每当探牢的日子都去看他。我一直哭啊哭的。直到传来了拉里的消息。这一来我才明白。可怜这么样一个人是错了。是爹也好，不是爹也好，对他只有一种看法。他故意把会让飞机坠毁的部件装上船运走。你怎知道拉里不是其中之一呢？

妈　妈　我正在等拉里呐。(向安走去)只要你在这里待一天，安妮，我就要请你千万别再说这话。

安　你真使我吃惊。我还以为你恨死他咧。

妈　妈　你爹干的事跟拉里一点也不相干。一点也不。

安　可我们没法了解啊。

妈　妈　(拼命抑制)只要你在这里待一天！

安　(摸不着头脑)可是，凯特——

妈　妈　不要再去想它！

凯　勒　因为——

妈　妈　（赶紧对凯勒）行了，够了。（一手按头）马上进去吧，陪我喝喝茶。（她转过身子，跨上台阶）

凯　勒　（对安）你有一件事——

妈　妈　（厉声）他没有死，所以用不着争！马上来吧！

凯　勒　（发火）就来！（妈妈转身走进屋子）瞧，安妮——

克里斯　得了，爹，忘了吧。

凯　勒　不，她不是这么个看法。安妮——

克里斯　我对整个话题都厌透了，别说下去了。

凯　勒　你想要让她像这样想下去吗？（对安）那些汽缸盖只安装在 P－40 型飞机上面。你怎么啦？你知道拉里从来不驾驶 P－40 型。

克里斯　那谁驾驶那些 P－40 型呢，猪吗？

凯　勒　他这人是个傻瓜，可是别把他当成凶手。你们不懂吗？瞧这事害得她好苦！（对安）听着，你应当了解大战期间工厂是什么个情况。你们两个都应当了解！这真是座疯人院。每隔半个钟头少校就打电话来催汽缸盖，他们用电话来拼命催我们快。汽缸盖刚出炉，卡车就装走了，隔得好近。我是说只要通情达理想一想就好了，通情达理想一想。忽然一下子，一炉货出来有条裂缝。出了事啦，就这么回事。一条头发丝般的细裂缝。这下可好了，原来——原来你爹就是个小人物，声音大些都老是害怕。少校会怎么说呢？——半天产量报废了……我会怎么说呢？你知道我的意思吗？人之常情嘛。（他歇了口气）于是他取出工具，他就把裂缝掩盖过去了。得了——这是坏事，是错事，可那正是一个小人物干的事。要是那天我能去，我就关照他——报废吧，史蒂夫，咱们亏得起。可是一个人，他就害怕了。不过我知道他不存坏意。他认为这批货百分之百的顶用。那是个错误，可不是杀人。你千万不能那样看待他。你懂我意思吗？这不公道。

安　（她凝视着他片刻）乔，咱们忘了吧。

凯　勒　安妮，拉里的消息传来那天，你爹，他正在我隔壁一个号子里。他哭了，安妮——他哭了半宿工夫。

安　（感动）可惜他没哭一宿。（稍息）

凯　勒　（差点发火）安妮，我不懂你为什么——！

克里斯　（紧张得等不及他说完就打断）你不想住

口吗？

安　别对他嚷嚷！他只是想要叫大家高兴。

凯　勒　（一把搂住她腰肢，笑嘻嘻）我就是这片心意。你牛排吃得下吗？

克里斯　还有香槟酒！

凯　勒　你们马上行动！我要打电话到斯旺森饭店订一桌！今晚玩个痛快，安妮！

安　吓不倒我。

凯　勒　（对克里斯指着安）我喜欢这姑娘。给她迷上啦。（他们笑着向门廊那头走去）你这双腿长得真美，安妮！……今晚我要看着大家都喝醉。（指着克里斯）瞧他，他还害臊呢！（他笑着，走进屋子）

克里斯　（在他后面喊着）喝你的茶吧，老色鬼。（他转向安）我爹这人可真了不得！

安　我认识的人当中就数你最爱自己的爹妈。

克里斯　我有数。这不合潮流了，是不是？

安　（忽然有点伤心）没什么。这是好事。（她四下看着）你知道吗？这儿真可爱。空气新鲜。

克里斯　(满怀希望)你不后悔上这儿来吧？

安　不后悔，不。可是我——不打算待下去。

克里斯　为什么？

安　首先，你妈简直在对我下逐客令。

克里斯　这个——

安　这个你也看到——而你——你也有点——

克里斯　什么？

安　说起来……从我来到这儿你就有点不知怎么是好。

克里斯　伤脑筋的是我原打算在个把星期里偷偷跟你接近。可是他们竟当咱们都说定了。

安　我知道他们会这么想。总之你妈就这么想。

克里斯　你怎么知道？

安　根据她的观点，我上这儿来还有什么原因呢？

克里斯　这个嘛……你愿意吗？(安仍然打量着他)我想你知道我请你来的原因。

安　我想这就是我来的原因。

克里斯　安，我爱你。我非常爱你。(改不了口)我爱你。(歇了一下。她等着)我不抱空想……我只知道这么一句话要对你说。(安在等着，有所准备)我让你为难了。我并不想叫你待在这儿。我要找个咱们从来没去过的地方；一个你我都感到咱们是新人的地方……你感到这儿不对头，是吗？这个院子，这把椅子？我要你对我有个思想准备，我并不想说服你丢开什么。

安　（伸出双臂搂住他）啊，克里斯，我老早，老早就准备好了！

克里斯　这么说，他真的一去不回了。千真万确了。

安　两年前我差点嫁了人。

克里斯　你为什么不嫁？

安　你给我写起信来了——（沉默片刻）

克里斯　原来你老早心里就有数了？

安　从那时起我就天天在等了！

克里斯　安，你为什么不告诉我？

安　我一直在等你呢，克里斯。过去那阵子你从来不给我写信。等到你真给我写信了，瞧你怎么说？你也知道，自己还是说得吞吞吐吐的。

克里斯　（朝屋子看看，然后打着哆嗦，望着她）亲我一下，安，亲我一——（他们亲吻了）天呐，我亲你了，安妮，我亲了安妮啦。我一直盼着亲你，盼了多久，多久啊！

安　我决不饶你。你为什么等了这么些年？我只能干坐着，不知自己是不是痴心妄想地惦着你。

克里斯　安妮，咱们马上就要一起过日子了！我要使你过得十分幸福。（他亲了她一下，可是两个人的身体没挨在一起）

安　（有点窘）嘴上说得好听，做起来就不是了。

克里斯　我亲了你……

安　就像拉里的哥哥那样亲我。像你自己那样亲我吧，克里斯。（他突然挣脱她）怎么啦，克里斯？

克里斯　咱们开车到什么地方去吧……我要单独跟你在一起。

安　不……怎么啦，克里斯，是因为你妈吗？

克里斯　不——不是这样的事。

安　那什么不对劲啊？连你的信里，都有些不好意思。

克里斯　是啊。我想我是不好意思过。不过现在好啦。

安　你应当告诉我——

克里斯　我不知道怎么说起才好。（他抓住她手）

安　这样可不行。（稍停一下）

克里斯　（开头实事求是，说得轻声轻气）说起来这件事同许多事情都有牵扯。……你还记得，我在国外，指挥过一个连队吗？

安　当然，记得。

克里斯　唉，我的人马没了。

安　多少人？

克里斯　差不多统统都完蛋了。

安　哎呀呀！

克里斯　要花点时间才能想得开呢。因为他们不仅仅是士兵。比方说，有一回接连下了几天雨，这小伙子来找我，把他最后一双干袜子给了我。塞在我的口袋里。那只不过是件小事——不过，我手下的弟兄全是这样的人。他们没有死；他们为了相互照顾而牺牲自己。我说的一点不假；只要自私一点，他们今天就都健在了。我眼看他们倒下去，不禁有了个想法。一切都在被摧毁，懂吗，可是在我看来，倒产生了一样新事物。一种……责任感。人人为人人。你明白我意思吗？表现出这种责任感，把它重新树立起来，就像一座纪念碑，这样人人都会感到它立在那儿，在自己身后，人会为此而改变。（稍停顿）后来我回家了。说来也怪，我——这里没任何意义；整个事情对他们说来无非是场——车祸。

我跟着爸爸做事，又投入那场不顾他人死活的激烈竞争。总之我感受到了——你所谓的——羞愧。因为根本没人有所改变。看起来，真有不少人都被要啦。我活着也好，开银行账户也好，开新汽车也好，看见新冰箱也好，都感到不对劲。我是说，你可以在一场大战中捞取这一切，可是当你开着那辆汽车，你就应当知道这些东西是靠人们相互间最大的爱意而来的，正因为这一点，你做人必须稍微规矩些才是。否则，你手里所有的东西都是赃物，上面都有鲜血。这种东西我一样也不想要。我想这也包括你在内。

安　你还是这样想法吗?

克里斯　现在我要你，安妮。

安　因为你不必再这么想了。因为你有权利要什么有什么。什么都行，克里斯，明白吗?要我，也行……还有钱，你的钱又没什么不对路的。你爸爸把千百架飞机送上了天，你应该自豪。一个人应该得到报偿……

克里斯　啊，安妮啊安妮……我要为你挣份家业!

凯　勒　(在台后)你好啊……是啊，那还用说。

安　（温柔地笑笑）我要份家业干什么？

［他们亲吻。凯勒走出屋子。

凯　勒　（拇指朝屋子翘翘）嗨，安，你兄弟——（他俩害臊地分开。凯勒走过来，扮个鬼脸）这是怎么回事，今儿过劳工节[①]吗？

克里斯　（挥手叫他走开，知道他一开玩笑就没个完）得了，得了。

安　你不应该这么嚷嚷。

凯　勒　噢，没人跟我说过今儿是劳工节。（四下望望）红肠面包呢？

克里斯　（爱听他逗）得了，你说过就好啦。

凯　勒　好吧，只要今后我知道碰上劳工节，我就在脖子上挂着个铃铛。

安　（态度亲切）他真鬼！

克里斯　那乔治·萧伯纳就成了笨拙的大象了。

凯　勒　乔治！——嗨，你这一点可把我提醒了——你兄弟打电话来呢。

安　（意外）我兄弟？

---

① Labor Day，北美洲各地在九月份的第一个星期一举行的节日。

凯　勒　对，乔治，长途电话。

安　什么事？出什么岔子了？

凯　勒　我不知道，凯特正跟他在谈呢。赶快去，她要害他多付五块钱啦。

安　（朝舞台后方走一步，然后向克里斯走过来）我不知道咱们是不是该告诉你妈了？我是说我不大会跟人家争论。

克里斯　咱们就等到今晚吧。吃过晚饭。现在别紧张，这事交给我吧。

凯　勒　你们要告诉她什么？

克里斯　去吧，安。（安忧心忡忡，走进屋里）咱们要结婚了，爹。（凯勒含糊地点点头）哦，你不说几句吗？

凯　勒　（心烦意乱）我高兴，克里斯，我正——乔治从哥伦布城打电话来呢。

克里斯　哥伦布城！

凯　勒　安妮告诉你他今天要去看他爹吗？

克里斯　没，我想她一点也不知道这事情。

凯　勒　（不安地问）克里斯！你——你认为你对她够了解吗？

克里斯　（不快，担忧）问这个干吗？

凯　勒　我正在纳闷。这么些年来乔治都不去看他爹。一下子他去了……而她倒上这儿来了。

克里斯　哦，怎么啦？

凯　勒　说来未免荒唐可笑，可我脑子里就钻出这个想法。她没什么跟我过不去的吧？

克里斯　（发火）我不知道你在扯些什么。

凯　勒　（更想找人吵一架）我只是说说罢了。那人最后一天在法庭里还把罪名全推在我身上；这是他的女儿。我是说她会不会是派到这儿来刺探什么事的？

克里斯　（火了）什么？这儿有什么好刺探的？

安　（在后台，听电话）乔治，你干吗这么激动？你那儿出什么事啦？

凯　勒　我是说为了找点麻烦，他们是不是想害咱们，重新打官司？

克里斯　爹……你怎能把她看成这样的人？

安　（仍然在接电话，和克里斯同时开口说话）我的老天呐，他跟你说什么呀？

凯　勒　嗯，不见得会这样。这你也知道。

克里斯　爹，你真叫我吃惊……

凯　勒　（打断他）得了，忘掉它吧，忘掉它吧。（生龙活虎，走来走去）我要给你一个新起点，克里斯。我要给工厂起个新招牌——克里斯多佛·凯勒股份有限公司。

克里斯　（有点心神不安）乔·凯勒就够好的了。

凯　勒　咱们回头再谈这事。我要给你造幢住宅，石头的，造条汽车道通马路。我要你大展宏图，克里斯，我要你利用我给你造就的一切。（现在他挨近儿子了）我是说，克里斯，开开心心的，不用怕难为情……开开心心的。

克里斯　（感动）我会的，爹。

凯　勒　（含着深情）尽管对我说吧。

克里斯　为什么？

凯　勒　因为有时候我以为你……对钱感到不好意思呢。

克里斯　不，别这么想。

凯　勒　因为这是干净的钱，那笔钱可没什么不干净的。

克里斯　（有点害怕）爹，你用不着跟我说这话。

凯　勒　（这时热情奔放，满怀信心。他一把揪住克里斯的脖后，刚毅的嘴巴发出笑声)瞧，克里斯，我去替你做你妈的工作。咱们今晚把她灌醉，咱们都结婚！(胳臂做了个大幅度姿势，走开)小子，要举行一场空前未有的盛大婚礼！香槟酒，夜礼服——！

［安还在屋里接电话，声音响彻屋外，他就此打断话头。

安　都怪你激动起来就克制不了……(妈妈走出屋子)哎呀，他到底告诉你什么啦？(歇了一会)得了，那就来吧。(歇了一会)对，他们全都在这儿。没人躲开你。请你想法子压住火，行不行？(歇了一会)得了，得了，回头见吧。

［安挂上听筒时又歇了一下，随即走出厨房。

克里斯　出什么事啦？

凯　勒　他要上这儿来？

安　七点钟来。他在哥伦布城。(对妈妈)我告诉他一切都不成问题。

凯　勒　当然啦，好极了！你爹病了？

安　(莫名其妙)不，乔治没说他病了。我——(搪塞过去)我不知道，我想这多少有点荒唐，你知道我兄弟——(她走到克里斯面前)咱们开车玩玩去，或者找些什么——

克里斯 好哇。爹，给我钥匙。

妈 妈 开过公园。那儿现在正好看呐。

克里斯 来吧，安。(对他们)马上就回来。

安 (她同克里斯朝汽车道那头走去，下场)瞧你。

［妈妈向凯勒走过来，眼睛盯住他。

凯 勒 慢慢来。(对妈妈)乔治想要什么啊?

妈 妈 从今天早晨起他就在哥伦布城看史蒂夫。他说，他一定要马上来看安妮。

凯 勒 干什么?

妈 妈 我不知道。(她警告说)他现在是个律师啦，乔。乔治是个律师。这么些年来他连张明信片都不给史蒂夫寄。从他打仗回来，就没寄过张明信片。

凯 勒 那又怎么啦?

妈 妈 (突然紧张)他一下子竟乘飞机从纽约去看他。飞机!

凯 勒 哦?是吗?

妈 妈 (哆嗦)为什么呢?

凯 勒 我看不出人家的心思。你呢?

妈　妈　什么呀，乔？史蒂夫一下子有什么话要告诉他才让他乘飞机去探监啊？

凯　勒　史蒂夫要告诉他什么话跟我有什么相干？

妈　妈　你这话当真，乔？

凯　勒　（害怕了，却发起火来）对，我这话当真。

妈　妈　（直挺挺地在椅子里坐着）要放聪明些了，乔。这小伙子来了。放聪明些。

凯　勒　（不顾一切）我的话只说一遍，你听到吗？我说过我这话当真。

妈　妈　（软弱无力地点点头）好吧，乔。（他挺起身）只是……要放聪明些。

［凯勒完全绝望了，勃然大怒，转过身子，向门廊那头走去，进了屋，随手使劲把纱门碰上。妈妈坐在舞台前方的椅子里，直挺挺的，目不转睛，恍然大悟。

幕　落

第二幕

当晚，暮色甫落。

幕启时，只见克里斯在锯着刮断的树，让树橛子孤零零留着。他穿着干净短裤，白袜子，没穿衬衫。妈妈在门廊上出现时，他已带着锯下的树朝小径那头走得不见人影了。她走过来，站着，眼望着他。她穿着一件睡衣，端着个托盘，上面放着一壶葡萄汁，还有几个杯子搁着薄荷枝。

妈　妈　（朝小径那头喊着）难道你干这活儿非得穿上干净短裤不可吗？（她往舞台前方走来，把托盘放在亭子里的桌上。然后不安地四下张望，又摸摸壶是不是凉。克里斯拍去手上的尘土，从小径那头进场）锯掉那些树枝以后，你看这里更亮堂了吗？

克里斯　你为什么不穿夜礼服？

妈　妈　楼上闷气。我给乔治弄了点葡萄汁。他一向喜欢葡萄汁。来，喝点。

克里斯　（不耐烦）好吧，快，去换上夜礼服。爹睡这么久干吗？（他走向桌边，斟上一杯葡萄汁）

妈　妈　他发愁呢。他一发愁就睡觉。（歇了一会。一直透过他的眼神看着）我们是蠢货，克里斯。你爹跟我都是傻子。我们什么也不知道。你得保护我们。

克里斯　你真糊涂；有什么好怕的？

妈　妈　在法庭里史蒂夫直到最后还是一口咬定是你爹逼他干的。如果他们要重新审理这案子，我是熬不过了。

克里斯　乔治只不过是个大草包，妈。你怎能拿他当真呢？

妈　妈　那家子人恨咱们。说不定连安妮也——

克里斯　哎呀，妈……

妈　妈　可别以为你喜欢大家，大家就都喜欢你！

克里斯　好啦，别再自找苦吃了。一切都交给我吧。

妈　妈　等乔治到了家，叫她跟他回去。

克里斯　（不置可否）别为安妮操心。

妈　妈　史蒂夫也是她的爸爸。

克里斯　你有完没完？快，来吧。

妈　妈　（跟他向舞台后方走去）你真不了解人们恨起来有多厉害，他们恨不得能把整个世界都扯个粉碎。

［安，穿上盛装，在门廊上出现。

克里斯　瞧！她已经打扮好了。（他跟妈妈走上门廊）我还得去穿上件衬衫。

安　（心事重重的样子）你舒服吗，凯特？

妈　妈　那有什么关系，亲爱的。你知道吗，有一种人，越是有病，命越长。（她走进屋去）

克里斯　你真好看。

安　咱们今晚就告诉她。

克里斯　包管告诉她。别担心。

安　我但愿眼下就能告诉她。我受不了钩心斗角的。我没胃口。

克里斯　这不是钩心斗角，咱们只是想让她心情好一些再说。

妈　妈　（在后台，屋子里）乔，你想要睡一整天吗？

安　（笑着）只有你爸爸一个人没牵没挂。他倒睡着了。

克里斯　我也没牵没挂。

安　是吗？

克里斯　瞧。（他伸出手来，挥两下）告诉我乔治几时上这儿来。

［他走进屋。安漫无目的地走来走去，后来给树橛子吸引了去。她走到树橛子前，在沉思默想中犹豫不决地碰碰树橛断面。莉迪亚在后台大声叫唤，“约翰尼！来吃晚饭啦！”苏上场，看见安，停住。

苏　我丈夫呢——？

安　（回头，吃了一惊）哦！

苏　真对不起。

安　没什么。我——黑灯瞎火的有点眼花。

苏　（四下看看）天黑了。

安　你在找你丈夫吗?

苏　老规矩啦。(厌烦地笑笑)他老是泡在这儿没个完，他们家要向他收房租了。

安　没人换好衣服，所以他开车到车站去接我兄弟啦。

苏　哦，你兄弟来了?

安　嗯，这会儿他们随时都该到啦。你要来杯冷饮吗?

苏　来杯吧，谢谢。(安走到桌子前，斟了一杯)我丈夫这个人呐。天太热了，不肯开车带我到海滨去。可大人就像小孩子；他们倒总是愿意为街坊帮忙打杂。

安　人们都愿意为凯勒家做事。从我记事起就一直这样。

苏　这真叫人吃惊。我想你兄弟是来接你走的吧?

安　(给她一杯饮料)我不知道。大概是吧。

苏　想必你很紧张吧。

安　嫁人一向是个伤脑筋的问题，对不?

苏　那当然得看你的情况。我不明白为什么你也竟然有问题。

安　我有过好多机会。

苏　我敢说，这事真浪漫……嫁给你情人的哥哥，在我看来真是奇怪极了。

安　我不知道。我想多半是因为每当我需要什么人老实告诉我怎么办，我总是想到克里斯。当他告诉我什么，我就知道准没错。他让我放心。

苏　而且他有钱。你知道，那才是要紧大事。

安　这个我倒无所谓。

苏　你才想不到呢。这关系可大着哩。我嫁了个实习医生，靠我的薪水。那下就糟了，因为一旦男人靠女人养活，他就欠她情了。你一欠上人家的情，必定是见了他就不高兴。（安笑了）你知道，那是真的。

安　我认为大夫骨子里是非常忠诚的。

苏　哦，那当然。不过一个人老是觉得自己受束缚也不好。吉姆就感到自己一直在囚笼里。

安　啊……

苏　那正是我一直想求你帮个忙的原因，安。这对我真是关系非常重大。

安　要是我办得到，一定帮忙。

苏　你办得了。一旦你当了家，就请你想法搬开这儿。

安　你开玩笑吗？

苏　一点也不开玩笑。克里斯在这儿，我丈夫就不安生。

安　怎么会那样呢？

安　吉姆是个有丰富临床经验的大夫。可他有个计划，希望研究医学，搞些发明，你明白吗？

安　哦，这不是很好吗？

苏　研究费每星期只有二十五块钱，还得扣掉洗粗毛衬衫的钱。你要从事这项工作就得牺牲你的一生。

安　克里斯怎么啦——

苏　（越来越动感情）克里斯偏教他做想吃天鹅肉的癞蛤蟆。他就这样教人家。

安　这不好吗？

苏　亲爱的，我丈夫有家累。每回他跟克里斯鬼混一阵子，就感到似乎自己要是不牺牲一切，专搞研究，就未免违背良心。似乎克里斯和随便什么人都不违背良心一样。吉姆每隔三两年都要这样。他碰到一个人，就把人家当成偶像来崇拜。

安　说不定他是对的。我不是说克里斯是个偶像，不过——

苏　哦，亲爱的，你也知道他是不对的。

安　我不同意你的看法。克里斯——

苏　咱们面对现实吧，亲爱的。克里斯跟他父亲做事，是不是？他每星期都在这企业里支钱。

安　这又怎么啦？

苏　你问我怎么啦？

安　我当然要问。（她仿佛快发作脾气了）你不该这样诽谤人家，我真想不到你竟会这样。

苏　你真想不到我竟会这样！

安　如果那里头有什么不对头，他连五分钱也决不会拿那厂子的。

苏　这点你知道。

安　这点我知道。我不喜欢你说的一切。

苏　（向她走近）你知道我不喜欢什么吗，亲爱的？

安　对不起，我不想争论。

苏　我不喜欢跟这家神圣家族做邻居。这使我看上去像要饭的，明白吗？

安　这个我一点忙也帮不了。

苏　就这样毁了人家的一生，他算老几？人人都知道乔耍了个诡计才出了牢。

安　那不是真的！

苏　那你为什么不出去跟人家讲？去啊，跟他们讲。这街面上的人没一个不知道真相的。

安　说谎。人家一直上这儿来打牌，还——

苏　那又怎么样？他们都称赞他聪明。我也这么称赞他，我跟乔没什么过不去的。可要是克里斯想叫人家穿上粗毛衬衫，那就让他脱掉自己的细呢衣服。他用那套骗人的理想主义哄得我丈夫发疯了，我正走投无路呢，（克里斯走出门廊，这会儿他穿着衬衫，打上领带。她赶快转过身子，听着。满面笑容）你好啊，亲爱的。妈妈怎么样？

克里斯　我还以为乔治来了呢。

苏　没有，就我们两个。

克里斯　（向她们走过来）苏珊，帮个忙吧？上楼去找妈，看看是不是能叫她平静下来。她激动得不得了。

苏　她还不知道你们俩的事？

克里斯　（轻轻一笑）这个嘛，我猜她觉察到了。你了解我妈。

苏　（向门廊那头走去）哦，是啊，她善观气色。

克里斯　说不定药柜里有点药。

苏　我会给她吃点药的。（在门廊上）别为凯特操心；

喝上两杯，跳上几圈舞……她就会疼安的。（对安）因为你就是克里斯的化身。（克里斯笑了）别惊慌，我说的是化身。（她走进屋）

克里斯　她这女人倒有意思，是不是？

安　是啊，她真是非常有意思。

克里斯　她是个了不起的护士，你知道吗，她——

安　（紧张，可是竭力克制）你还在这样做吗？

克里斯　（觉察到有什么不对头，可还是脸带笑意）做什么？

安　你刚一开始了解什么人，就在他们身上找长处。你怎知道她是个了不起的护士呢？

克里斯　怎么啦，安？

安　那女人恨你。她瞧不起你！

克里斯　嗨……你碰到什么啦？

安　哎呀，克里斯——

克里斯　这是怎么回事？

安　你从来没——为什么你不告诉我？

克里斯　告诉你什么呀？

安　她说人家认为乔是有罪的。

克里斯　管他人家怎么想法，有什么大不了的？

安　我不在乎他们怎么想，我只是不明白为什么你自找麻烦，偏要否认这点。你说过这事大家都忘了。

克里斯　我不想要让你一来到这儿就感到有什么不对头，就这么回事。我知道有不少人认为我爸爸是有罪的，我想你心里大概也有些疑问。

安　可我从来也没说过我怀疑他。

克里斯　没人这么说。

安　克里斯，我知道你有多爱他，可这决不能——

克里斯　你以为如果他干出这种事来，我能饶了他吗？

安　我不是突然到这儿来的，克里斯。我抛弃了亲生爸爸，如果眼前这儿有什么差池——

克里斯　这个我知道，安。

安　乔治是从爹身边来的，我并不认为这会带来什么好事。

克里斯　欢迎他来。你又没什么好怕他的。

安　告诉我……就告诉我这点。

克里斯　我父亲是无辜的，安。别忘了他一度受过诬告，害他吃了不少苦头。如果你再面临同样的情况，你怎么做人？安妮，相信我，你在这儿没什么差池，相信我，小妞儿。

安　好了，好了，克里斯。（凯勒悄悄在门廊上出现时，他俩正在拥抱。安干脆打量着他）

凯　勒　每回我出来，这儿看上去总像游乐场一样！（他俩窘得只好分开，笑笑）

克里斯　我以为你要刮脸呢？

凯　勒　（坐在凳子上）马上刮。我刚醒过来，我什么也不知道。

安　你看上去刮过脸了。

凯　勒　哦，没。（摸摸下巴颏）今晚得特别再刮一次。大喜之夜嘛，安妮。说起来做个结过婚的女人是什么滋味啊？

安　（大笑）我还不知道呐。

凯　勒　（对克里斯）怎么啦，你错过机会了？（他们说话时，他从凳子下拿出一小盒苹果）

克里斯　老 roué[①]！

凯　勒　roué，是什么话？

克里斯　是法国话。

凯　勒　别讲下流话。（他们笑了）

---

① 法语，色鬼。

克里斯　真是从没见过这么一个大笨伯！

凯　勒　这个嘛，人总得谋生啊。

安　（趁大家在笑）用不着说，他老早知道了。

凯　勒　我不知道，国内人人都受那么高深的教育，那就没人去扫垃圾了。（众人大笑）这样弄得剩下的笨伯只有老板们啦。

安　你并不笨，乔。

凯　勒　我知道，可譬如说，你上我们工厂去看看吧。我请了那么多中尉、少校和上校，搞得倒不好意思请谁扫地了。我得小心谨慎，免得开罪什么人。不开玩笑。这真是不幸：今天你站在街上，随地吐痰，都要吐中一个大学毕业生。

克里斯　得了，别吐痰吧。

凯　勒　（把苹果掰成两半，递给安和克里斯）我是说，弄得很尴尬。（他歇了口气）我一直在想，安妮……你的兄弟，乔治。我一直在想你兄弟乔治。他来了我希望你跟他和计和计。

克里斯　合计。

凯　勒　念和计又怎么啦？

克里斯　（笑）英语不念这个。

凯　勒　我上夜校时教的是和计。

安　(大笑)咳，日校就教你念做合计啦。

凯　勒　请你们别围攻我，行不行？说正经的，安……你说他搞得不妙。乔治这个人，我一直在想，我在这儿有好多朋友，为什么他偏要在纽约那种玩命的竞争中斗得头破血流啊。我跟城里几个大律师很要好，我可以帮助乔治在这里开业。

安　你真是太好了，乔。

凯　勒　不，孩子，不是我好。我要你明白我意思。我是为克里斯着想。(稍停一下)瞧，这就是我的意思。你上了年纪，你就想要感到你——有所成就。我唯一的成就是我的儿子。我为人并不聪明。我毕生成就只有这点。如今算来，过上一年，过上一年半，你爹就自由啦。他要去找谁呢，安妮？他的小宝贝。你。他会来到你屋里，一副老态，疯疯癫癫。

安　那没什么大不了的，乔。

凯　勒　我不想在我们之间(用手势表示克里斯和他本人之间)插进那种事。

安　我只能奉告你一句，那种事决不会发生。

凯　勒　眼前你在恋爱了，安妮，但相信我，我年纪比你大，我知道——女儿总归是女儿，父亲总归是父亲。而这种事是能发生的。（他稍停一下）我希望你跟乔治到牢里去看他，告诉他说……“爹，你出去以后，乔想拉你一起做买卖。”

安　（意想不到，竟吓了一大跳）你想要叫他当合伙人？

凯　勒　不，不当合伙人。一桩好差使。（稍停一下。他看见她吓了一大跳，有点莫名其妙。他站起身，说话更紧张）我想要叫他知道，安妮……尽管他还坐在那里，我想要叫他知道，他一出来就有个位子等着他。这样就会解除他的苦闷。知道自己有个位子……可以减轻痛苦。

安　乔，你不欠他的情。

凯　勒　我欠他一下冷拳，可他毕竟是你爹。

克里斯　那就还给他一下冷拳好了！我不想让他进厂，没什么可说的！你明白吗？再说，也别这样说他。人家可要误会你的！

凯　勒　我真不明白为什么她一定要折磨他。

克里斯　说起来，他是她父亲，如果她觉得——

凯　勒　不，不。

克里斯　（几乎怒不可遏）跟你有什么相干？为什么——？

凯　勒　（激动透顶，终于来个总爆发）父亲总归是父亲！（似乎这阵脾气的发作露出了他的本相，他四下望望，想要缩回去。他伸出手去摸摸脸）我最好——我最好还是刮个脸。（他回头，脸上挂着一丝笑意。对安）我并不是存心要对你嚷嚷，安妮。

安　咱们把这件事统统忘了吧，乔。

凯　勒　对。（对克里斯）她真可爱。

克里斯　（对这人的愚蠢未免有点恼火）你要不要刮脸？

凯　勒　马上就刮。

［他正转身走向门廊，莉迪亚匆匆从自己屋子走来。

莉迪亚　我全都忘了。（看见克里斯和安）嗨。（对乔）我答应今晚替凯特做头发。她梳过头了吗？

凯　勒　嘿，笑口常开，莉迪亚？

莉迪亚　那当然，为什么不笑？

凯　勒　（走上门廊）快来吧，替我的凯蒂梳梳头。（莉迪亚走上门廊）她要过个大喜之夜，给她打扮得漂亮点。

莉迪亚　行啊。

凯　勒　（替她打开门，她走进厨房。对克里斯和安）嗨，那可以编支歌呢。（他柔声唱了）

“快来吧，替我的凯蒂梳梳头……

啊，快来吧，因为她是我的美人儿——”

（对安）上了一年夜校，成绩怎么样？（他走进厨房时，继续唱下去）

“啊，快来吧，快来吧，替我的美人梳梳头——”

［吉姆·贝利斯在汽车道的拐角那儿三脚两步赶来。吉姆穿到克里斯这边，对他打着手势，激动地把他拖走了。凯勒刚好站在厨房门里面，看着他们。

克里斯　怎么回事？他在哪儿？

吉　姆　你妈在哪儿？

克里斯　在楼上，正打扮着呢。

安　（三脚两步穿到他们跟前）乔治怎么啦？

吉　姆　我请他在车子里等着。快听我说。你们能接受几句忠告吗？（他们等着）别带他到这儿来。

安　为什么？

吉　姆　凯特情况不妙，你不能当着她面把这件事戳穿。

安　戳穿什么？

吉　姆　你知道他为什么上这儿来，别瞒着我啦。他两眼都冒血了；开车把他带到别处，单独同他谈谈。

［安回过身，向汽车道走去，走了两三步，看见凯勒，停下。他悄悄走进屋里。

克里斯　（心神不宁，气得发抖）别婆婆妈妈的。

吉　姆　他来接她回家。这话什么意思？（对安）你知道这话什么意思。跟他到别处去争个明白。

安　（回过身来走向克里斯）我就开车……带他到别处去。

克里斯　（向她走去）不成。

吉　姆　你别再像个白痴啦，行不行？

克里斯　这里没人见他怕。住口！

［他动身朝汽车道走去，冷不防碰到刚

进来的乔治就站住了。乔治的年纪同克里斯差不多，只是脸色苍白些，这会儿快要憋不住了。他说话轻声轻气，似乎生怕自己不知不觉中叫嚷起来。克里斯犹豫了片刻，就向他走上一步，伸出手去，笑了笑。

克里斯　你没事干了吗，干吗坐在外边啊？

乔　治　大夫说你妈不舒服，我——

克里斯　那又怎么样？她真想见见你，不是吗？我们整个下午都一直在等你。（他把手搭在乔治胳臂上，可是乔治挣开了，向安走了过来）

安　（摸摸他的领子）都脏了，你没多带一件衬衫吗？

［乔治甩开她，走过来，细细看看院子。门开了，他迅速回过头去，还以为是凯特呢，却不料是苏。她瞧着他；他转身就向篱笆边走去。他从篱笆上望过去，望着自己从前的家。苏向舞台前方走来。

苏　（生气）海滩上怎么样，吉姆？

吉　姆　啊，天太热了，开车可不行。

苏　你怎么去车站的——乘齐柏林飞艇吗？

克里斯　这位是贝利斯太太，乔治。（乔治没有注意，只顾盯着自己屋子，克里斯大声喊着）乔治！（乔治回过头来）

这是贝利斯太太。

苏　你好啊。

乔　治　（脱帽）原来你就是买下我家房子的人吗？

苏　对啦。你临走前来看看我们怎么布置的吧。

乔　治　（走过来，又从她身边走开）我喜欢老样子。

苏　（稍微歇了口气）他倒坦率，是吗？

吉　姆　（把她拖开）回头见……放心吧，伙计。（夫妇下）

克里斯　（追喊他们）谢谢你开车接他！（回过头对乔治）喝杯葡萄汁怎么样？妈特地为你调制的。

乔　治　（勉强表示感谢）凯特心真好，还没忘记我爱喝葡萄汁。

克里斯　在我们家里你尽管喝吧。你过得怎么样，乔治？——请坐。

乔　治　（不断走动）只有一眨眼工夫。（四下望望）难道这是真的吗？

克里斯　什么？

乔　治　我又回到这儿来了。

克里斯　嗨，你有点紧张，是不是？

乔　治　是啊，天倒快黑啦，如今你混得怎么样，当上大经理了？

克里斯　比上不足，比下有余罢了。律师行业怎么样？

乔　治　我不知道。我在公立学校里学习的时候，看来还算实用，可是一出校门，律师行业看来就没什么起色了。树木长密了，是吗？（指指树橛子）这是什么？

克里斯　昨晚刮倒的。我们是为纪念拉里才种在那儿的。你知道吗？

乔　治　什么，我还生怕你们会忘了他呢？

克里斯　（移步走向乔治）这话可有点带刺？

安　（打断话头，伸出手去按住克里斯）你几时戴起帽子来的？

乔　治　（看到手里的帽子）今天。今后我打定主意，无论如何要弄得像个律师了。（他向她举起帽子）

你认不出来了？

安　什么？哪儿——？

乔　治　你爹的帽子——他要我戴上的。

安　他怎么样啦？

乔　治　他越变越小了。

安　小了？

乔　治　是啊，小了。（伸出手来量量）他是个小人物。你知道，傻瓜就有这种毛病。幸亏我及时去找他——再过一年就变得只剩下他的气味。

克里斯　怎么回事，乔治？出什么毛病啦？

乔　治　毛病？毛病在于你一旦让个人做傻瓜，你就休想再让他做第二回傻瓜。

克里斯　这是什么意思？

乔　治　（问安）你还没嫁人吧？

安　乔治，你坐下来，别再——？

乔　治　你已经嫁人了吗？

安　没，我还没嫁人。

乔　治　不准你嫁给他。

安　为什么不准我嫁给他？

乔　治　因为他父亲毁了你一家。

克里斯　嗳，听着，乔治……

乔　治　住口，克里斯。叫她跟我一起回家。咱们别争了，我要说什么话你也有数。

克里斯　乔治，难道你想代表上帝说话吗？

乔　治　我是——

克里斯　你这辈子一直就是这个毛病，乔治，一栽进去就爬不出来。这番话算什么名堂？你现在是个大人啦。

乔　治　我现在是个大人啦。

克里斯　别到这儿来吓唬人。如果你有话要说，请说得文明点。

乔　治　别教训我！

安　嘘！

克里斯　（准备揍他）你是不是打算像个男子汉那样说话？

安　（赶快出来制止一场武斗）坐下，亲爱的。别发火，怎么啦？（他听凭她按着坐下，眼睛瞧着他）唉，到底什么事？我临走你还亲了我，如今你——

乔　治　（气喘吁吁）从那工夫起我的一生就颠倒过来了。你一走我就没法回去工作。我要上爹那儿，告诉他你要嫁人了。看来不告诉他不行。他多么爱你。(他歇了口气)安妮，咱们真是千不该万不该啊。绝对不能饶恕咱们自己。连张圣诞卡都不寄给他。自从我打仗回家以来，就一次也没去看过他。安妮，你不知道人家怎么害苦他。你不知道出了什么事。

安　(害怕)我当然知道。

乔　治　你不会知道，你不在这儿。那天爹来上班。夜班工头来找他，给他看汽缸盖……这些汽缸盖经过儿道工序出来就有毛病。工序上出了岔子。所以爹就直接打电话上这儿，关照乔马上来一趟。谁知上午过了，乔还是没动静。所以爹又打了电话。可这回他手头有一百多个次品了。军部拼命催货，爹没什么货可以装上船。所以乔就吩咐他……在电话里吩咐他想尽各种办法把裂缝焊接起来，掩盖过去，把这些货装上船运走。

克里斯　你现在说完了吗?

乔　治　(对他气势汹汹)我现在没说完!(回过头来对安说)爹害怕了。如果要他这样干，他要求乔到场。可是乔来不了……他病了!病了!忽然间他得了流行性感冒！忽然间！不过他答应承担责任。你明白我在说什么吗？在电话里你负不了什么责任！在法庭上你总是可以抵赖接过电话，而他正是这样干的。开头他们还知道他是扯谎，可是到了上诉阶段，他们竟听信他的鬼话，到如今乔倒成了大人物，你爹可当了替罪羊。（他站起身）现在你打算怎么办？吃他的东西，睡他的床？回答我，你打算怎么办？

克里斯　你打算怎么办，乔治？

乔　治　他太聪明啦，我对付不了。我没法证明打过电话。

克里斯　那你怎么胆敢上这儿来胡扯？

安　乔治，法庭——

乔　治　法庭不了解你爹！可你了解他，反正你心里也明白是乔干的。

克里斯　（把他拖了个转身）声音放低点，要不我把你扔出去！

乔　治　她有数的。她有数的。

克里斯　（对安）把他撵走，安。把他撵走。

安　乔治，你说的事情我全知道。爹在法庭上把整个事情都讲了，他们——

乔　治　（几乎在拼命叫喊）法庭不了解他，安妮！

安　嘘！——可他什么话都会说的，乔治。你知道他编起谎来有多快！

乔　治　（郑重其事，转向克里斯）我要问你几个问题，你回答我时看着我的眼睛。

克里斯　我会看着你的眼睛。

乔　治　你了解你父亲——

克里斯　我很了解他。

乔　治　那么他是那种听任一百二十只汽缸盖去回修再出厂运走，而自己竟一点也不知情的老板吗？

克里斯　他是那种老板。

乔　治　可就是这一个乔·凯勒，必定要在厂里兜一圈看着所有的灯都关掉了，否则决不离厂。

克里斯　（越来越火）就是这一个乔·凯勒。

乔　治　就是这一个人，知道他手下工人一天有多少时间泡在厕所里。

克里斯　就是这一个人。

乔　治　而我的父亲，那个吓破胆的耗子，要没人陪着，连件衬衫也不会买——那个人胆敢自己单独干这么种事？

克里斯　自己单独干。正因为他是个吓破胆的耗子，他才会干另一件事——把罪名推在人家身上，因为他不是大丈夫，不敢一人做事一人当。他在法庭上试过这一手，可没人信，但碰到你这个傻瓜就信他了！

乔　治　啊，克里斯，你竟然也是自己骗自己的人？

安　（深为震动）别这样说话！

克里斯　（坐着面对乔治）告诉我，乔治。到底怎么回事？这么些年来你对法庭的诉状一直深信不疑，为什么现在竟看成没影的事了呢？为什么这么些年来你一直相信它？

乔　治　（稍停片刻）因为你相信它……这是实话，克里斯。因为我想你相信这一套，所以我也相信。可是今天我听到他亲口说了。根据他亲口说的，跟法院判决完全不同。任何了解他，也了解你父亲的人，都会相信他亲口说的。你爹把我们所有的一切都拿走了。我受不了。有一样他可夺不走，就是她。（他转向安）收拾你的东西。他们家的东西都沾满鲜血。你可不是受得了这种日子的姑娘。收拾你的东西吧。

克里斯　安……难道你真的要信他的话？

安　（走向他）你知道这不是真的，是吗？

乔　治　他怎么能跟你说呢？那是他父亲干的。（对克里斯）你脑子里一点都没想到过吗？

克里斯　哦，想到过。你脑子里什么想法都有！

乔　治　他有数的，安妮，他有数的！

克里斯　代表上帝的声音！

乔　治　那为什么你的名字不摆上这企业？把这点给她讲讲清楚！

克里斯　那点到底有什么关系？

乔　治　安妮，为什么他的名字不摆上？

克里斯　连厂子不是我的也摆上名字！

乔　治　你哄谁呀？他一死这厂落到谁手里呀？（对安）睁开眼睛看看吧，你对他们俩都了解，为了表示他们父子相爱，首先不是应该挂出“乔·凯勒父子公司”的招牌吗？（静场。安看看他，再看看克里斯）我来解决这疑团。你想要解决这疑团，还是害怕解决？

克里斯　你这是什么意思？

乔　治　让我上去，对你父亲讲。不消十分钟你就会明白事实真相。你是不是害怕事实真相啊？

克里斯　我才不怕事实真相呢。我早知道了。可是我妈不舒服，我并不想要当场吵一架。

乔　治　让我去找他。

克里斯　不准你当场挑起争吵。

乔　治　（对安）你还想要什么！（屋里有阵脚步声）

安　（突然朝屋子那里回过头去）有人来了。

克里斯　（悄悄对乔治）现在你什么也别说。

安　你快走吧。我打电话叫辆汽车。

乔　治　你跟我一起走。

安　别提结婚的事，因为我们还没有告诉她。

乔　治　你跟我一起走。

安　你明白吗？别——乔治，现在可不准你挑起什么事来！（她听见脚步声）嘘！

［妈妈自门廊口上场。她穿着夜礼服；头发梳得整整齐齐。他们全都回过头去盯着她。她一见乔治就举起双手，向他迎上前去。

妈　妈　乔治，乔治！

乔　治　（他一向喜欢她）你好啊，凯特。

妈　妈　（双手捧起他的脸）他们把你变成个老头啦。（摸着他的头发）瞧，你头发也白了。

乔　治　（她的同情坦白直率，泰然自若，深深打动了他的心，他凄然一笑）我知道，我——

妈　妈　你出征那时我对你说过，别追求奖章。

乔　治　（厌倦地笑笑）我没追求，凯特。奖章来得可非常容易。

妈　妈　（真火了）净胡说。你们全是一路货。（对安）瞧他，你干吗说他好？他看上去像个鬼。

乔　治　（深深领略到她的关心）我觉得身体很好。

妈　妈　我瞧见你就讨厌。你妈怎么啦，她干吗不给你吃饱？

安　他就是没什么胃口。

妈　妈　要是他在我家吃饭，他就会有胃口。（对安）可惜你未婚夫！（对乔治）坐下。我给你做三明治吃。

乔　治　（坐着尴尬地打哈哈）我真的不饿。

妈　妈　说真的，我凡是看见孩子一辈有什么事不妙就心疼。我们为你们操劳、筹划，结果你们弄得并不比我们强。

乔　治　（对她深表同情）你……你一点也没变，这个你知道吗，凯特？

妈　妈　我们一个人也没变，乔治。我们全爱你。乔刚才还在说起你出生那天碰上断水。大家从一个街区以外端着水盆来——陌生人见了还以为整个街坊都着火了呢！（他们大笑。她看见葡萄汁。对安）为什么你不给他喝点？

安　（采取守势）我给过他了。

妈　妈　（嘲弄）你给过他了！（把杯子硬塞进乔治手里）给他吧！（对乔治，他正笑着）现在要你坐在这儿，喝点葡萄汁……看上去像个人样！

乔　治　（坐着）凯特，我已经饿了。

克里斯　（得意）她能把圣雄甘地变成个重量级拳击手！

妈　妈　（精力充沛，对克里斯）听着，去他的饭店吧！我冰箱里有只火腿，还有冰镇草莓，还有鳄梨，还有——

安　好极了，我来帮你！

乔　治　火车八点半开，安。

妈　妈　（问安）你要走？

克里斯　不，妈，她不——

安　（打破僵局，走向乔治）你难得上这儿来；趁机会再熟悉一下吧。

克里斯　哎呀，你连我们都快不认识了。

妈　妈　我说，克里斯，如果留不住他们，就别——

克里斯　不，无非是乔治一个人的问题罢了，妈，他打算——

乔　治　（看在凯特的分上，斯文而客气地站起来）等等，克里斯……

克里斯　（露出笑容，一副命令口气，打断他）如果你要走，我这就开车送你上车站，可是如果你留下，只要在这儿待着，就不许争。

妈　妈　（终于承认气氛紧张）他为什么要争呢？（她走向他。带着绝望而怜悯的心情，摸摸他头发）乔治同我们没什么争的。咱们之间怎能有争执呢，乔治？咱们都是受过同样命运打击的，你怎能——？你看到拉里的树遭殃了吗，乔治？（她拉住他胳臂，他无可奈何地陪着她走过舞台）想得到吗？半夜里我正梦到他，这阵风就刮来了——

［莉迪亚出现在门廊上，她刚一看到他——

莉迪亚　嗨，乔治！乔治！乔治！乔治！乔治！（她急急忙忙向他走来。她手里拿着顶插着花的帽子，刚走到乔治面前，凯特就从她手里拿过帽子）

乔　治　（他们一面急切而热烈地握手）你好啊，开口笑。你怎么啦，长大了？

莉迪亚　现在我是个大姑娘啦。

妈　妈　瞧她把帽子装饰得多漂亮！

安　（欣赏着帽子，向莉迪亚）是你做的？

妈　妈　用不了十分钟！（她戴上帽）

莉迪亚　（替她戴戴正）我只是重新弄了一下。

乔　治　你还是自己做衣服？

克里斯　（说妈妈）她时髦不时髦！现在她只少一条狼狗。

妈　妈　（晃着脑袋）觉得就像有人坐在我头上似的。

安　不，真美，凯特。

妈　妈　（吻吻莉迪亚。对乔治）她是个天才！你应该娶她才是。（他们笑了）这一位能给你吃饱！

莉迪亚　（奇窘无比）啊，别说啦，凯特。

乔　治　（问莉迪亚）我听说你有个娃娃？

妈　妈　你没听准。她有三个娃娃啦。

乔　治　（有点伤心——问莉迪亚）不骗人，三个？

莉迪亚　嗳，一个，两个，三个——你走掉很长一段时间啦，乔治。

乔　治　我开始明白啦。

妈　妈　（对克里斯和乔治）你们孩子家的毛病就是想得太多。

莉迪亚　哦，我们也想的。

妈　妈　对，可不是一直在想。

乔　治　（几乎露骨地表示醋意）他们从来没招弗兰克入伍吧？

莉迪亚　（略带歉意）没，他总是比征兵年龄大一岁。

妈　妈　真奇怪！人家征收二十七岁的小伙子时，弗兰克刚好二十八岁，人家征收二十八岁的，他又恰好二十九岁。那就是他搞起星相学的原因。你出生的时候星相就全在那儿了，只要看出来就好了。

克里斯　怎么看出来呢？

妈　妈　（对克里斯）别卖弄聪明。有些迷信还真灵呐！

（问莉迪亚）拉里的命他算好了没有？

莉迪亚　我这就去问他，我要进去啦。（有点悲哀，几乎难为情，问乔治）你愿意去看看我的娃娃吗？来吧。

乔　治　我不想去，莉迪亚。

莉迪亚　（谅解）那好吧。愿你交上好运，乔治。

乔　治　谢谢。也愿你……和弗兰克。（她对他一笑，转身走到自己屋子去。乔治站着，盯着她背影）

莉迪亚　（她一溜烟地跑了）啊，弗兰克！

妈　妈　（看出他的心思）她长得漂亮吗？

乔　治　（伤心地）非常漂亮。

妈　妈　（表示责备）她真美，你这大傻瓜！

乔　治　（恋恋不舍地四下望望；柔声地，嗓子哽咽）这一带地方给她弄得多好看呀。

妈　妈　（对他点点捌捌）瞧你落得这个下场，都因为你不听我话！当初我不是吩咐过你娶那姑娘，不要去打仗吗？

乔　治　（自我解嘲）她一直太爱笑。

妈　妈　你就太不爱笑。你在跟法西斯穷拼猛打，弗兰克倒趁此跟她睡了。

乔　治　（对克里斯）弗兰克在这场大战中取得了胜利。

克里斯　他取得了全部战役的胜利。

妈　妈　（顺着这种语气）乔治，那天他们发动征兵，我就对你说过，你爱那姑娘。

克里斯　（大笑）男人不懂真正的爱情！

妈　妈　我比你们哪一个都聪明。

乔　治　（大笑）她真了不起！

妈　妈　你现在可得听我的，乔治。你们三个都当过童子军，你们都有崇高的原则；而我呢，只有一棵树，而这一个呢——（指克里斯）天气一变坏，他两腿就受不了；而隔壁那个大傻瓜呢——（指指莉迪亚的屋子）什么书也不看，只看漫画笨蛋安迪①，他还有三个孩子，房钱都付清了。别做个哲学家啦，关心一下自己吧。像乔刚才说的——你搬回这儿来住，他会帮你立业，我来给你找个姑娘，让你脸上挂着笑容。

乔　治　乔？乔想要叫我住这儿？

---

① Andy Gump，二十年代美国风行一时的连环漫画人物。

安　(热心地)他请我告诉你，我想这倒是个好主意。

妈　妈　一点不错。干吗你一定要装作恨我们家的样子？你非得恨我们不可——这难道又是你的一条原则吗？其实你并不恨我们，乔治。我了解你，你骗不了我，我替你换过尿布。(忽然问安)你还记得马西先生的女儿吗？

安　(笑着，对乔治)她已经把你钓上钩啦！(乔治激动了，笑着)

妈　妈　你从头到脚看看她，乔治；你会看到她是最最美的——

克里斯　她长瘊子呢，乔治。

妈　妈　(对克里斯)她没长瘊子！(对乔治)原来那姑娘下巴上有颗小小的美人斑——

克里斯　鼻子上还有两颗。

妈　妈　你记得不？她父亲是退休的巡官。

克里斯　是巡佐，乔治。

妈　妈　他是个非常和气的人。

克里斯　他看上去像大猩猩。

妈　妈　(对乔治)他从来不开枪打人。

［大家全都放声大笑，这时凯勒出现在

门口。乔治刷地站起身，盯着凯勒，凯勒已三脚两步向他迎上去。

凯　勒　（笑声停止。尽力装出一副高兴劲）哎呀，瞧谁来啦！（伸出手）乔治，看见你真高兴。

乔　治　（握握手——面带愁容）你好吗，乔？

凯　勒　还过得去。老喽。你跟我们出去吃晚饭吧？

乔　治　不，得回纽约去。

安　我去给你叫辆车。（她走进屋子）

凯　勒　留你不住，真可惜，乔治。坐下。（对妈妈）他气色不错。

妈　妈　他气色不好。

凯　勒　我说的正是这句话，你气色不好，乔治。（他们笑了）我是老婆当家，她用皮带管教我。

乔　治　从车站来沿路看到你的厂。看上去真像通用汽车公司。

凯　勒　我但愿它是通用汽车公司，可它不是。坐下，乔治。坐下。（从口袋里掏出雪茄）听说，你终于去看你父亲了？

乔　治　是啊，今儿早晨去看过。你厂里现在造些什么玩意儿？

凯　勒　哦，小零小碎样样有。高压锅，洗衣机的装配零件。如今是个灵活、精巧的工厂啦。你觉得你爹怎么样？身体还不错吧？

乔　治　（细细看着凯勒，含糊其辞）不，他不好，乔。

凯　勒　（点燃雪茄）是不是心脏病又犯啦？

乔　治　样样病都犯啦，乔。灵魂病了。

凯　勒　（喷出烟雾）哦嗬——

克里斯　去看看他们把你家屋子布置得怎么样好吗？

凯　勒　让他去吧。

乔　治　（对克里斯，指凯勒）我希望跟他谈谈。

凯　勒　那好啊，他刚来。世道就是这样，乔治。要是小人物犯错误，他们就请他大吃苦头；大人物犯错误倒当上大官啦。我希望你跟我谈谈你去看你爹的事。

乔　治　（打量着他）我不知道你竟感兴趣。

凯　勒　从某一方面讲，我感兴趣。乔治，我倒想让他知道，就我个人来说，他随时都可以到我这儿来做事，我想让他知道这点。

乔　治　他恨你没种，乔。这点你知道吗？

凯　勒　我料得到。不过那点也能改变。

妈　妈　史蒂夫从来也不是这种人。

乔　治　现在可是这种人了。他倒巴不得把每一个发战争财的人都抓起来枪毙呢。

克里斯　他要费不少子弹才行。

凯　勒　这话真叫人遗憾！

乔　治　（怨气上升）什么？你指望他对你怎么看啊？

凯　勒　（脾气也上来了，只是按捺住了）听到他没改变真叫人遗憾。我认识他这个人二十五年以来，他还从没懂得一人做事一人当。这个不说你也明白，乔治。

乔　治　（他倒真明白）这个嘛，我——

凯　勒　反正你自己心里明白。因为冲你上这儿来时的架势，看上去不像记得这事。我说的是一九三七年我们在弗洛德街开厂那时节。他让一只锅炉干烧了两天，差点把我们都炸上了天。他也是死不承认是他的过错。我只好开除一个技工来保全他面子。这事你总记得吧。

乔　治　记得，不过——

凯　勒　我只是顺便提到这事，乔治。因为这种事情有不少，这不过是其中一桩罢了。譬如当初他给了弗兰克那笔钱去投资石油股票。

乔　治　（苦恼）这个我知道，我——

凯　勒　（乘虚而入，不过还有个分寸）可是记住那些事情还是有好处的，孩子。因为股票跌价，他把弗兰克骂得真够瞧的。这难道是弗兰克的过错吗？听他说，弗兰克是个骗子。而所有的人只会对他使坏。

乔　治　（起立，走开）那些事我都知道……

凯　勒　那就记住别忘吧，记住吧。（安走出屋子）天底下是有这种人宁肯眼看人家个个都给绞死，不愿自己出来担当责任。你明白我意思吗，乔治？

［他们站着面面相觑，乔治拼命想识破他。

安　（走到舞台前方）车子开来了。你想要洗洗脸吗？

妈　妈　（怀着一线希望追问）他何必走呢？乘半夜车走吧，乔治。

凯　勒　好哇，你可以跟我们去吃晚饭！

安　怎么样？干吗不呢？咱们在湖滨吃，咱们玩个痛快。

［乔治逐个看着安、克里斯、凯勒，回过来又看着她，静场片刻。

乔　治　那好吧。

妈　妈　你这才说到点子上。

克里斯　我有件衬衫，配那套衣服正合适。

妈　妈　十五英寸半，对不对，乔治？

乔　治　莉迪亚——？我是说——弗兰克和莉迪亚来不来？

妈　妈　我来替你跟她约会，让她打扮得看上去像——（她走向舞台后方）

乔　治　（笑着）不，我不想约会。

克里斯　我知道有个人正好配你！夏洛特·坦纳！（他移步走向屋子）

凯　勒　叫夏洛特来，好极了。

妈　妈　没错，叫她来吧。（克里斯进屋）

安　你上去，找件衬衫穿，打上领带。

乔　治　（站住，环视众人和周围）哪儿也不如这儿安逸啊，我感到多么——（他忍不住笑了，掉转头不看他们）凯特，不瞒你说，你看上去那么年轻。你一点也没变。这……真叫人回忆起几乎遗忘的往事啊。（转向凯勒）你也没变，乔，想不到你还是老样子。整个气氛都这样。

凯　勒　说起来，我可没工夫生病啊。

妈　妈　十五年来他都没病倒过。

凯　勒　只有在大战期间得了流感。

妈　妈　哦？

凯　勒　我得流感，当时我病了，在……大战期间。

妈　妈　啊，对啦……（对乔治）我是说除了那场流感。（乔治一动不动站着）这个，我倒一时忘啦，别那样看着我。他想要上厂里去，可是睡在床上爬不起。我还当他得了肺炎呢。

乔　治　那你为什么说他从来不生病？

凯　勒　我了解你的心情，孩子。我一辈子也原谅不了自己。如果那天我能到厂里去，我就决不会让你爹去碰那些汽缸盖了。

乔　治　她刚才还说你从来没生过病呐。

妈　妈　我说的是他生过病，乔治。

乔　治　（走向安）安，你有没有听到她说——？

妈　妈　你每回生病都记住不忘的吗？

乔　治　我会记住得过肺炎。特别是碰巧那天我的合伙人想要修补汽缸盖，我要是得了肺炎……那天怎么啦，乔？

[弗兰克步子轻快地从汽车道走上场，手里拿着拉里的星相图。他走向凯特。

弗兰克　凯特！凯特！

妈　妈　弗兰克，你见到过乔治了吗？

弗兰克　（伸出手）莉迪亚告诉过我，我真高兴……你得多包涵。（把妈妈拉过去）凯特，我有个惊人消息告诉你，拉里的星相图我都算出来了。

妈　妈　你对这事会感兴趣的，乔治。说来奇怪，他竟会占星看相——

克里斯　（从屋子出来）乔治，那姑娘在听电话——

妈　妈　（孤注一掷）他把拉里的星相图算出来了。

克里斯　弗兰克，你不能挑个更好的时间来吗？

弗兰克　自古以来最伟大的人物都相信星相！

克里斯　别拿这套骗人的鬼话往她头脑里灌啦！

弗兰克　相信世上有股胜过我们自己的力量，难道是骗人的鬼话吗？我研究了他一生的星宿！我不跟你争辩，老实对你说。你弟弟还活在世界上某个地方！

妈　妈　（顿时问克里斯）为什么这事不可能？

克里斯　因为这是无稽之谈。

弗兰克　稍等一下。容我先说几句，然后你们瞧着办吧。就容我说吧。据说他是十一月二十五日送命的。可十一月二十五日是他的好日子。

克里斯　妈！

妈　妈　听他说！

弗兰克　这一天他正是福星高照，鸿运当头，是宜于成婚的吉日良辰。你可以大笑特笑，我也懂得你为什么笑。不过一个人在自己的好日子是不会送命的，这可能性只有百万分之一罢了。这是大家都知道的事，大家都知道的，克里斯。

妈　妈　为什么这不可能呢，为什么这不可能呢，克里斯？

乔　治　（问安）难道你不明白她在说什么吗？她就是在叫你走。你这还在等什么啊？

克里斯　谁也不能叫她走。（听见汽车喇叭声）

妈　妈　（对弗兰克）谢谢你，亲爱的，麻烦你啦。你去叫他等一下，行吗？

弗兰克　（边走边说）行咧。

妈　妈　（大声叫喊）司机，他们马上就出来了！

克里斯　妈妈，她不走！

乔　治　你听到她说了，他从来没生过病！

妈　妈　他误解我意思了，克里斯！（克里斯瞧着她，目瞪口呆）

乔　治　（对安）他干脆吩咐你父亲去害死飞行员，而自己倒躲在床上！

克里斯　你还是回答他的好，安妮。回答他。

妈　妈　亲爱的，我给你收拾行李袋。

克里斯　什么？

妈　妈　我给你收拾行李袋。你只要锁锁好就行啦。

安　我什么也不用锁好。他请我到这儿来，我就要留到他叫我走才走。（对乔治）等到克里斯叫我走才走！

克里斯　没什么好说的啦！马上离开这儿吧，乔治！

妈　妈　（对克里斯）可如果这就是他的心情——

克里斯　没什么好说的啦，只要我在此一天，这件公案也好，拉里也好，就此告一段落，除非基督降临！（对乔治）马上离开这儿吧，乔治！

乔　治　（对安）你跟我说吧。我要听你跟我说。

安　走吧，乔治！

[他们在汽车道那头走得不见人影了，只听得安在说："别这样一走了之，乔治！请别这样一走了之！"

克里斯　（转向他妈妈）你这是什么意思，你替她收拾行李袋？你竟敢替她收拾行李袋？

妈　妈　克里斯——

克里斯　你竟敢替她收拾行李袋？

妈　妈　她不是这儿的人。

克里斯　那我也不是这儿的人。

妈　妈　她是拉里的未婚妻。

克里斯　我是他哥哥，他死了，我就要娶他的未婚妻。

妈　妈　今生今世休想，休想！

凯　勒　你疯啦？

妈　妈　没你说的份！

凯　勒　（狠心）我要说的话多着呐。三年半以来你说话一直像个疯婆子——

[妈妈掴了他一下耳光。

妈　妈　没你的。没你说的份。现在听我说。他要回来了，人人都得等他。

克里斯　妈，妈——

妈　妈　等等——

克里斯　等多久？等多久？

妈　妈　（口若悬河）等他来；等他一辈子！

克里斯　（提出最后通牒）妈，我要娶她。

妈　妈　克里斯，我这辈子从来没对你说过一个不字，现在我对你说不！

克里斯　除非我娶了她，否则你决不会当他死了！

妈　妈　我决不会当他死了，你也休想当他死了！

克里斯　我早就当他死了，我老早就当他死了——

妈　妈　（口气同样咄咄逼人，可是眼睛不再看着他）那就当你父亲死了吧。（静场。克里斯站在那里呆若木鸡）

凯　勒　她疯了。

妈　妈　统统死光！（对克里斯，但没有面对他们）你弟弟还活着，宝贝儿，因为他要是死了，就是你父亲杀害他的。你现在明白我的话吧？只要你活着，那孩子也活着。上帝不会听任儿子被自己父亲杀害的。现在你懂了没有？现在你懂了。（她按捺不住，匆匆走进屋里）

凯　勒　（克里斯不为所动。他语气巧妙，透着疑惑）她疯了。

克里斯　（结结巴巴地低声说）那么……这是你干的？

凯　勒　（声音里开始申辩）他从来没驾驶过一架 P-40 型——

克里斯　（目瞪口呆，脸如死灰）可还有别人呢。

凯　勒　（死不改口）她疯了。（他恳求地向克里斯迎上一步）

克里斯　（毫不让步）爹……这是你干的？

凯　勒　他从来没驾驶过一架 P-40 型，你怎么啦？

克里斯　（还在追问，一边说）那么这是你干的。害了别人。

［父子俩都压低嗓门。

凯　勒　（怕他，怕他死命缠住不放）你怎么啦？你到底怎么啦？

克里斯　（不动声色，满腹狐疑）你怎么干得出这种事来？怎么搞的？

凯　勒　你怎么啦！

克里斯　爹……爹，你杀害了二十一个弟兄！

凯　勒　什么，杀害？

克里斯　你杀害了他们，你害死了他们。

凯　勒　（仿佛和克里斯推心置腹似的）我怎么能杀害人家呢？

克里斯　爹！爹！

凯　勒　（想法叫他安静下来）我没杀害过人家！

克里斯　那么把这事讲讲清楚。你怎么干的？对我讲讲清楚，要不我把你撕成碎片！

凯　勒　（见他怒不可遏，吓得要命）别，克里斯，别——

克里斯　我要知道你当时怎么干的。快说，你怎么干的？你出了一百二十个有裂缝的汽缸盖，后来又怎么干的？

凯　勒　如果你要绞死我，那我——

克里斯　我听着。上帝啊，我听着！

凯　勒　（这时他们的动作类似巧妙的捉迷藏，凯勒说话时总是跨开一步，躲在克里斯抓不到的地方）你还是个孩子，我有什么办法！我是做买卖的，一个做买卖的人；一百二十个裂了缝，你的买卖就砸了；你总有个工序，工序出了事，你的买卖就砸了；你不懂得怎么经营，你的本事不行；他们就叫你关门大吉，他们就撕毁你的合同，这在他们可算不了一回事！你四十年心血全泡在一项买卖里，他们不用五分钟就叫你完蛋，我有什么办法，让他们夺走我四十年心血，让他们夺走我毕生心血吗？（他嗓音哑了）我决没想到他们会把汽缸盖安装上去。我对天发誓。我原来寻思他们在清除废品之前会停止安装呢。

克里斯　那你为什么让货装船运走？

凯　勒　我原来寻思等到他们检验出废品来我早就把工序重新搞好，这样我就可以给他们看看他们少不了我，他们才会让事情就此过去。可是过了几个星期，我还没接到退货，所以我就准备去对他们说。

克里斯　那为什么你没对他们说呢？

凯　勒　来不及了。报纸，头版消息都登满了，二十一架坠毁，来不及了。他们拿了手铐进厂来，我有什么办法？（他坐在凳上）克里斯……克里斯，我是为了你才出此下策，这是个机会，我为了你才抓住这机会不放。我六十一岁啦，几时我才有机会再为你干些什么呢？六十一岁的人是不会再有机会的喽，是不是？

克里斯　你明明知道飞机在空中靠不住。

凯　勒　我不是这么说的。

克里斯　可你不是要去警告他们别使用——

凯　勒　但这并不说明——

克里斯　这说明你知道飞机要坠毁。

凯　勒　我不是这个意思。

克里斯　那么你是认为飞机要坠毁。

凯　勒　我是生怕可能——

克里斯　你是生怕可能！老天在上，你是什么心肝的人啊？弟兄们靠了这些汽缸盖吊在半空中。这点你明明知道！

凯　勒　为了你，这笔买卖是为了你！

克里斯　（怒火中烧）为了我！你生活在什么地方，你从什么地方来的？为了我！——我天天都在等着送死，你却在杀害我的弟兄，这是为了我才干的吗？你到底认为我在想什么，该死的买卖吗？难道你脑子里想得到的，只有买卖吗？世界是什么？——是买卖吗？你到底什么意思，你是为了我才干的吗？你还有国家吗？你还算活在这个世界上吗？你到底是什么东西？你连畜生都不如，畜生也不害同类，你是什么东西？我应该怎么对付你才好？我应当把你的舌头从嘴里拔掉，我应该怎么办啊？（他挥起拳头捶了他父亲肩膀一下。他踉踉跄跄走开了，一边哭一边蒙住脸）我应该怎么办啊，天呐，我应该怎么办啊？

凯　勒　克里斯……我的克里斯啊……

幕　落

第三幕

次日凌晨两点，幕启时只见妈妈在椅子里不停摇动着，目不转睛，想得出了神。这只是一种精神高度集中的轻微摇动。楼上卧室里透出灯光，底层窗子乌漆墨黑。月光明朗，洒着清辉。

不一会儿，吉姆穿着茄克衫，戴着帽子，上了场，看见她，就走到她身边。

吉　姆　有什么消息?

妈　妈　没有消息。

吉　姆　(和颜悦色)你不能通宵坐着，亲爱的，为什么你不去睡觉?

妈　妈　我在等克里斯。别为我担心，吉姆。我一点也没什么。

吉　姆　可快到两点啦。

妈　妈　我睡不着。（稍停一下）你有急诊？

吉　姆　（厌倦地）有人头痛，以为自己快死了。（稍停一下）我一半的病人是十足的疯子。没人了解有多少疯子在到处游荡，他们的头脑都不对劲了。钱。钱——钱——钱——钱。你整天挂在嘴边就没什么意思了。（她笑了，不出声的笑）啊，我真巴不得亲眼看看热闹！

妈　妈　（摇摇头）你真孩子气，吉姆！有时候你真孩子气！

吉　姆　（瞧了她一会儿）凯特。（歇了一下）出什么事了？

妈　妈　我跟你说过了。他同乔吵了一架，就此跳上汽车开走了。

吉　姆　吵什么架？

妈　妈　吵一场架，乔……他先是哭得像个小孩。

吉　姆　他们为安的事而吵？

妈　妈　（稍微犹豫一下）不，不是安。想得到吗？（指指楼上亮着灯火的窗子）自从他一走，她还没出过房呢。通宵待在那房里。

吉　姆　（瞧瞧窗子，再瞧瞧她）乔怎么办，告诉他吗？

妈　妈　（不再摇动）告诉他什么？

吉　姆　别害怕，凯特，我心里有数。我一向就有数。

妈　妈　你怎么知道的？

吉　姆　我老早就想到了。

妈　妈　我一向有这么个感觉，就是克里斯他头脑里……几乎都知道了。我并不认为这对他会是多大的打击。

吉　姆　（起立）克里斯根本不懂得怎么对付这种事情。这要有一种天才，就是说谎。你有这天才，我也有。可他没有。

妈　妈　你什么意思……他不回来吗？

吉　姆　哦，不，他会回来。我们都会回来的，凯特。这种私下的小小革命总是短命的。总得做出妥协。方式奇特罢了。弗兰克说得对——人人都有颗照命星，这颗星就代表你的正气。你一辈子都花在探索这颗星星上面，可是一旦这颗星星熄灭了，就再也不亮了。我并不认为他会走得很远。恐怕他只是想独自待着看他的星星熄灭罢了。

妈　妈　只要他回来就好了。

吉　姆　我倒希望他不要回来，凯特。有一年我就这样出走，到新奥尔良去；光靠吃香蕉和牛奶过日子，研究一种疾病，混了两个月。这生活真美妙。后来她来了，她哭了。我就陪她回家。现在我又照旧在黑暗中过日子了；我连自己的本分都忘啦；往往连自己想要做哪种人都记不得了。我是个好丈夫；克里斯是个好儿子——他会回来的。

［凯勒穿着睡衣和拖鞋，在门廊上出来。他往舞台后方——小径那儿走去。吉姆走向他。

吉　姆　我有个感觉，他在公园里。我去找找看。送她睡觉去，乔；她这样受罪不好。（吉姆从汽车道那头下）

凯　勒　（走过来）他到这儿来要干什么？

妈　妈　他的朋友不舒服。

凯　勒　（向她走过来。他的声音嘶哑）我不愿意他多管闲事。

妈　妈　来不及了，乔。他知道了。

凯　勒　（忧心忡忡）他怎么知道的？

妈　妈　他老早就猜中了。

凯　勒　我不愿意他多管闲事。

妈　妈　（在念白时冷冷地嘿嘿笑着）原来你不愿意人家多管闲事。

凯　勒　对，我不愿意人家多管闲事。

妈　妈　这件事你可不能莽撞，乔，你眼下还是放机灵些好。这件事——这件事还没完呢。

凯　勒　（指指楼上亮着灯火的窗子）她在上面干什么？她不出房。

妈　妈　我不知道，她在干什么？坐下，别发火了。你还想不想活？你还是琢磨一下你今后怎么做人吧。

凯　勒　她不知道，是吗？

妈　妈　她看见克里斯气冲冲地跑出屋子。这是明摆着的事——她能掐会算的。

凯　勒　也许我应当找她谈谈吧？

妈　妈　别问我，乔。

凯　勒　（差点发作）那我问谁？不过我想她也不见得帮得了忙。

妈　妈　你又在问我啦。

凯　勒　我是在问你。我是什么人，陌生人吗？我想这儿我还有过一个家吧。我的家怎么啦？

妈　妈　你有个家。我干脆对你说，我可没力气再去多想了。

凯　勒　你没力气。正巧出事你倒没力气啦。

妈　妈　乔，你又犯老毛病了；你这辈子只要碰上出事，你就对我嚷嚷，你以为这就了事啦。

凯　勒　那我有什么办法？告诉我，跟我说，我怎么办？

妈　妈　乔……我一直在这么想。要是他回来——

凯　勒　你说"要是"算什么意思？他会回来的！

妈　妈　我想，如果你跟他坐下好好谈谈，你就——亲口跟他讲讲清楚。我是说你应当跟他说明你知道自己闯下大祸。（没有盯着他的眼睛）我是说如果他看到你认识到自己干的勾当。你明白吗？

凯　勒　这有什么用？

妈　妈　（有点害怕）我是说如果你告诉他说你要为闯下的祸偿还。

凯　勒　（领会意思……悄声问）我怎么偿还？

妈　妈　告诉他——你愿意去坐牢。（冷场）

凯　勒　（目瞪口呆，大吃一惊）我愿意去——？

妈　妈　（赶紧接口）你不会去，他不会叫你去的。不过如果你告诉他说你要去，如果他能体会到你想要偿还，说不定他就会原谅你。

凯　勒　他会原谅我！为什么？

妈　妈　乔，你明明知道我的意思。

凯　勒　我不知道你的意思！你要的是钱，所以我就赚钱。为什么我必须叫人原谅？你要的不是钱吗？

妈　妈　那样弄来的钱我可不要。

凯　勒　那样弄来的钱我也不要！反正你要的是钱，那有什么关系？我把你们两个都惯坏了。他十岁那年我真该让他出去闯闯，就像我当年出去闯那样，让他自己挣口饭吃。那样他才会懂得世界上每一块钱都来之不易。原谅！我自己一天花两毛半钱就能过日子，可我有个家啊，所以我——

妈　妈　乔，乔……说你为了一家子人才干这事可不成其为理由。

凯　勒　就得成为理由！

妈　妈　对他说来，还有比家庭更重大的呢。

凯　勒　没有再比这更重大的了。

妈　妈　对他说来有。

凯　勒　他干的事我没一件不能原谅的。因为他是我儿子。因为我是他老子，他是我儿子。

妈　妈　乔，我对你说——

凯　勒　没有比这点更重大的了。你去告诉他，你懂吗？我是他老子，他是我儿子，如果还有什么比这点更重大的，我就对准自己脑袋打一枪！

妈　妈　别胡说！

凯　勒　我的话你听到了。现在你知道怎么对他说了。（稍停。他离开她——又站住了）可他不会抛弃我，尽管……他不会抛弃我……他会吗？

妈　妈　他爱你，乔，你伤了他的心。

凯　勒　可是他把我抛弃……

妈　妈　我不知道。我开始在想，咱们并不真正了解他。据说在大战中他是个杀人不眨眼的。在家里他一向怕耗子。我真不了解他。我真不了解他要干什么。

凯　勒　真见鬼，如果拉里还活着他就不会这副模样了。拉里懂得世故人情。他听我话。在拉里眼里，世界只有四十英尺的门面，不出这幢房子。这一个呢，样样都不顺他眼。你做笔生意，多收两分钱，他就要大发脾气了。他不懂得钱。太容易了，钱来得太容易了。一点不错，拉里。咱们断送的是这么一个小子。拉里，拉里。（他颓然倒在她面前一张椅子里）我怎么办是好啊，凯特？

妈　妈　乔，乔，请别……你会太平无事的，什么事都不会有。

凯　勒　（走投无路，不知所措）我活了这么一辈子还不是全为了你，为了你们两个……

妈　妈　我有数，亲爱的，我有数。（安出屋。他们一言不发，等着她开口）

安　你干吗不睡觉？他一来我就通知你。

凯　勒　（起立，走向她）你还没吃过晚饭吧？（问妈）为什么你不给她做点吃的？

妈　妈　好啊，我去——

安　不要紧，凯特，我一点也不饿。（她们相对无言）我有点事要对你说。（她欲言又止）这件事我并不想过问。

妈　妈　她真是个好姑娘！（对凯勒）你瞧？她真是个——

安　乔的事我并不想过问，不过你要为我做点事。（直接对妈）你弄得克里斯感到对我问心有愧。不管你存心也罢，无意也罢，你已经叫他当着我面下不了台。我希望你去告诉他说拉里死了，说这事你了解。你明白我的话吗？我不想单身离开这儿。那样我活着就没味了。我要你让他自由。那样的话，我才答应你，一切都了结，我们就离开这里，没别的事了。

凯　勒　这事你就去做吧。你去告诉他。

安　我的要求是当真的，凯特。你有过两个儿子。可你如今只剩下一个啦。

凯　勒　你去告诉他吧。

安　这件事还得劳你驾对他说一下，这样他就知道你说的是真的了。

妈　妈　亲爱的，如果拉里真是死了，要克里斯知道这事，也用不着我来说……他跟你同房这夜，他的心灵就会空虚起来，因为他有数，你也有数。他一直到临死那天都要等他兄弟！不，亲爱的，这种事办不到。你一早就要走，而且单身一人走。这才是你的生活，这才是你的孤独生活。（她走向门廊，准

备进去了)

安　拉里死了，凯特。

妈　妈　(站住了)别跟我说话。

安　我说过他死了。我知道的！十一月二十五日他摔死在中国沿海！他的发动机并没出毛病。可是他死了。我知道……

妈　妈　他怎么死的？你在骗我。你知道的话，他怎么死的？

安　我爱他。你知道我爱他。如果我没弄清楚他真死了，我会去瞧上别人吗？跟你说这点就够了。

妈　妈　(向她走来)跟我说什么就够了？你在说什么呀？(她一把揪住安的手腕)

安　你弄痛我手腕了。

妈　妈　你在说什么呀！(冷场。她对安盯了一会儿，然后转身走向凯勒)

安　乔，进屋去。

凯　勒　为什么非叫我——

安　请走吧。

凯　勒　他一来就通知我。(凯勒进屋)

妈　妈　(她看见安从口袋里掏出一封信)这是什么？

安　坐下。（妈妈走到左边的椅子前，但没坐下）首先你得明白。我刚来的时候，我根本没想到乔——对他也好，对你也好，我都没什么过不去的。我是来结婚的。我原希望……所以我没把这信带来伤你的心。我想，只有在没有别的办法使你消除头脑里的拉里时，我才给你看信。

妈　妈　拉里？（一把从安的手里抢过信）

安　他给我写这封信正好在他临——（妈妈拆信，开始念信）我并不想伤你心，凯特。你逼得我只好如此，你要记住自己是——记住。我一向那么孤独，凯特……我不能再单身离开这里。（妈妈念信时，嗓子眼里发出一长串低低的呜咽）你逼得我只好给你看信。你不相信我。我对你说过多少遍了，为什么你不肯相信我！

妈　妈　哎呀，老天爷哪……

安　（又同情又害怕）凯特，请别这样……

妈　妈　老天爷哪，老天爷……

安　凯特，亲爱的，我真抱歉……我真抱歉……

［克里斯从汽车道那儿上场。他看来筋疲力尽。

克里斯　怎么回事——？

安　你刚才在哪儿？……你浑身是汗。（妈妈一动不动）你刚才在哪儿？

克里斯　只是开车兜一会儿。我以为你走了。

安　我上哪儿去？我没地方好去。

克里斯　（问妈妈）爹呢？

安　在里面睡。

克里斯　你们俩都坐下。我要说句该说的话。

妈　妈　我没听见车子……

克里斯　我把车放在车库里了。

妈　妈　吉姆正出去找你呢。

克里斯　妈……我要走了。克利夫兰有两家商号，我想我能弄到一家。我是说，我一去不回了。（单单对安）我了解你怎么想，安妮。说真的，我是胆小鬼。我在自己家里弄得如此胆小，因为我怀疑我父亲，可我对此毫无行动，不过如果在我回家那天晚上就知道现在我所知道的事，那么当时他就会在地方检察官的官府里了，我会亲自带他到那儿去。现在如果我看着他，我就只会哭啦。

妈　妈　你在说什么呀？你还能怎么办呢？

克里斯　如果我还有点人情味的话，我能请他坐牢！我能请他坐牢！可我现在就跟大家一样。我现在讲究实际了。你们逼得我讲究实际的呀。

妈　妈　可你只好如此。

克里斯　那条巷子里的猫是讲究实际的。我们打架时溜掉的瘪三是讲究实际的。只有死去的人不是讲究实际的。可现在我是讲究实际的，我瞧不起自己。我要走了。我马上要走了。

安　（向他走去）我跟你一起走。

克里斯　不成，安。

安　克里斯，我并不要求你对乔的事采取什么行动。

克里斯　你说说罢了，你说说罢了。

安　我发誓决不要求你那样干。

克里斯　内心里你总是要求我那样干的。

安　那么该怎么干就怎么干吧！

克里斯　干什么？有什么好干的？我整宿都在找一条罚他受罪的理由。

安　理由多的是，理由多的是。

克里斯　什么？我一旦把他关进牢里，我能叫死人复活吗？那我这样做图个什么呢？我们在前线经常把一个行为如同猪狗的人枪毙，那儿确实存在廉耻，你是在卫护某种重要的东西。但这儿呢？这里是真正的大狗世界，一个人在这里得不到你的爱，你还要吃掉他！那就是原则；我们生活所根据的唯一原则——这回恰恰碰到是杀害几个人罢了，就是这么回事。世道如此，我怎能拿他出气呢？那有什么意思呢？这是座动物园，动物园！

安　（对妈妈）你知道他该怎么干！告诉他吧！

妈　妈　让他去吧！

安　我决不让他去。你来跟他说他该怎么干……

妈　妈　安妮！

安　那我来说！

［凯勒从屋子出来。克里斯看见他，向亭子附近走去。

凯　勒　你怎么啦？我要跟你谈谈。

克里斯　我跟你没什么好谈的。

凯　勒　（拉住他胳臂）我要跟你谈！

克里斯　（使劲挣脱他）别这样做，爹。如果你这样做了，我就要伤你的心了。没什么好谈的，有话快说吧。

凯　勒　你到底怎么啦？怎么啦？你钱太多啦？钱多使

你烦恼了？

克里斯　（挖苦的口气）钱多使我烦恼。

凯　勒　如果你看不惯，那就把钱扔掉吧。你听见吗？把每一分钱都拿去，施舍给慈善事业，扔在阴沟里。那不就结啦？扔在阴沟里，就这么办。你当我开玩笑？我告诉你怎么办，如果嫌钱脏就把钱烧掉好了。这是你的钱，不是我的钱。我是个死人，我是个老死人，没一样是我的。喂，跟我说呀！你要干什么！

克里斯　问题不是我要干什么。问题是你要干什么。

凯　勒　我应该要干什么呢？（克里斯一言不发）坐牢吗？你要我去坐牢吗？如果你要我去，就直说吧！我只配去坐牢吗？那就对我直说吧！（稍停一下）怎么啦，为什么你不能对我说呀？（狂怒）别的话你什么都说出口啦，这句话就说出来吧！（稍停一下）我告诉你为什么你说不出口。因为你知道我不该坐牢。因为你心里有数！（语气越来越强，情绪越来越激烈，还带着一种横下一条心的声调）在那场大战中有谁是白干活的？几时他们白干，我也白干。人家没拿到钱以前，有没有从底特律运出过一支枪或一辆卡车？这是干净的吗？这是美元和分币，镍币和银币；战争与和平，无非是镍币和银币，什么是干净的？如果我去坐牢，这该死的国家就有一半人都得去坐牢！这就是你对我说不出口的原因。

克里斯　正是那个原因。

凯　勒　那么……为什么我是坏人呢？

克里斯　我知道你比起大多数人来，并不更坏些，可我曾认为你还要好一些。我从来不把你当一个普通人看待。我把你当我父亲。（几乎说不下去）我现在不能这样正眼看你，我也不能正眼看自己！

［他转过脸去，无颜面对凯勒。安赶快走到妈妈身边，从她手里拿过信来，向克里斯走去。妈妈顿时奔过来拦住她。

妈　妈　把这给我！

安　这要给他念念！（她把信塞在克里斯手里）拉里。他临死那天写给我的。

凯　勒　拉里！

妈　妈　克里斯，这不是写给你的。（他开始念）

乔……走开……

凯　勒　（莫名其妙，吓得要命）为什么她说，拉里，什么——？

妈　妈　（绝望地把他往小径那头推，偷眼望着克里斯）到街上去吧，乔，到街上去！（她走到凯勒身边来）别，克里斯……（从整个灵魂深处发出哀求）别告诉他。

克里斯　（不动声色）三年半里……说呀，说呀。现在你告诉我，你必须怎么办……这就是他怎么死的真相，现在告诉我你应该归哪儿。

凯　勒　（申辩）克里斯，在这世界上可做不了圣人哪！

克里斯　我知道世界上的所有事情。我知道那整套鬼话。现在听着这个，然后告诉我该做什么样的人！（念）“我亲爱的安……”你听着吗？这是他临死那天写的。听着，别哭……听！“我亲爱的安：我实在无法表达自己的一些感触。可是我不得不对你说几句。昨天飞机从国内运来了一批报纸，我看到爹和你父亲被定罪的消息。我无法表白心迹。我无法告诉你我感触如何——我再也活不下去了。昨夜我在基地上空绕了二十分钟才让自己降落。他怎么干得出这种事来？我们每天都有三四个弟兄回不来，他却坐镇后方做生意……我不知如何告诉你我的感触……我没脸见人——一忽儿工夫我就要去执行任务了。他们大概会报告我失踪了。如果他们这样报告，我要让你知道，你不必再等我了。说真的，安，如果现在我当场抓住他，我会宰了他——”（凯勒从克里斯手里夺过信来就念。冷场片刻）好，怪这个世界吧。你看懂这封信了吗？

凯　勒　（说得几乎听不见）我想我看懂了。备车。我要穿上茄克衫。（他掉转身，慢慢走向屋子。妈妈奔去拦住他）

妈　妈　你干吗走？你要睡了，你干吗走？

凯　勒　我不能睡在这儿。我走了会感到好受些。

妈　妈　你真糊涂。拉里不也是你儿子吗？你也知道他决不会叫你这样干的。

凯　勒　（看着手里的信）如果这封信不是叫我这样干，那么是什么？当然啰，他是我儿子。不过我认为对他说来他们都是我的儿子。我想他们都是我儿子，我想他们都是我儿子。我马上就下来。（走进屋子）

妈　妈　（毅然对克里斯）不准你开车带他！

克里斯　我就带他。

妈　妈　这全看你了，如果你叫他留下，他就留下了。去，叫他留下！

克里斯　现在没人拦得住他了。

妈　妈　你要拦住他！他在牢里能活多久？你打算害死他吗？

克里斯　（拿出信）我想你看过这信啦！

妈　妈　（指拉里和遗书而言）大战结束啦！难道你没听见吗？结束啦！

克里斯　那么你认为拉里是什么东西呢？是颗掉进水里的石子？光感到难过对他何济于事？拉里自杀又不是为了叫你和爹感到难过。

妈　妈　我们还能怎么样？

克里斯　你还能过得更好些！你能就此知道外面还有芸芸众生，你对他们负有责任，要是你不知道这一点，那你就白白送掉一个儿子，因为他就是为此而送死的。

［听到屋里一下枪声。他们直僵僵的，站了一会儿。克里斯一头走向门廊，

在台阶上停住，回头对安。

克里斯　找吉姆来！（他进了屋，安奔向汽车道那头。妈妈一个人站着，呆若木鸡）

妈　妈　（幽幽的，几乎在呜咽）乔……乔……乔……乔……（克里斯走出屋，扑进妈妈怀里）

克里斯　（几乎放声恸哭）妈呀，我并不是存心想——

妈　妈　别这样，宝贝。别自怨自艾了。现在忘了吧。活下去。（克里斯动了动，好像想回答）嘘……（她轻轻放下双臂，向门廊走去）嘘……（她刚走到门廊台阶就抽抽搭搭地哭了）

幕　落

图字：09－2018－1300号

图书在版编目(CIP)数据

都是我的儿子/（美）阿瑟·米勒（Arthur Miller）著；陈良廷译. —上海：上海译文出版社，2020.7（2024.2重印）
（阿瑟·米勒作品系列）
书名原文：ALL MY SONS
ISBN 978－7－5327－8305－2

Ⅰ.①都… Ⅱ.①阿…②陈… Ⅲ.①话剧一剧本一美国一现代 Ⅳ.①I712.35

中国版本图书馆CIP数据核字（2020）第075683号

都是我的儿子 All My Sons	Arthur Miller 阿瑟·米勒 著 陈良廷 译	出版统筹 赵武平 责任编辑 邹 滢 装帧设计 周安迪

上海译文出版社有限公司出版、发行
网址：www.yiwen.com.cn
201101 上海市闵行区号景路159弄B座
杭州宏雅印刷有限公司印刷

开本 787×1092 1/32 印张 5.5 插页 5 字数 57,000
2020年8月第1版 2024年2月第3次印刷

ISBN 978－7－5327－8305－2/I·5094
定价：52.00元